Prisons We Choose to Live Inside

画地为牢

[英] 多丽丝·莱辛 - 著

田奥 - 译

Doris Lessing

南京大学出版社

PRISONS WE CHOOSE TO LIVE INSIDE

Copyright © 1986 by Doris Lessing

Simplified Chinese edition copyright © 2019 Shanghai Sanhui Culture and Press Ltd.

Published by Nanjing University Press

All rights reserved.

This edition arranged with Jonathan Clowes Ltd. through Andrew Nurnberg Associates International Limited.

版权登记号：图字10-2019-104 号

图书在版编目（CIP）数据

画地为牢／（英）多丽丝·莱辛 (Doris Lessing)著；
田奥译. -- 南京：南京大学出版社, 2019.4（2021.7重印）
（现代人小丛书）
书名原文：Prisons We Choose to Live Inside
ISBN 978-7-305-21709-8

Ⅰ.①画… Ⅱ.①多… ②田… Ⅲ.①演讲—英国—
现代—选集 Ⅳ.①I561.65

中国版本图书馆CIP数据核字(2019)第041338号

出版发行　南京大学出版社
社　　址　南京市汉口路22号　　邮　编　210093
出 版 人　金鑫荣

书　　　名　画地为牢
著　　　者　［英］多丽丝·莱辛
译　　　者　田　奥
策 划 人　严搏非
责任编辑　卢文婷
特约编辑　谢小谢
装帧设计　COMPUS·道辙

印　　刷　山东临沂新华印刷物流集团有限责任公司
开　　本　787mm×1092mm 32开　　印张 4.375　字数 61千字
版　　次　2019年4月第1版　　2021年7月第4次印刷
ISBN 978-7-305-21709-8
定　　价　39.00元

网　　　址：http://www.njupco.com
官方微博：http://weibo.com/njupco
官方微信：njupress
销售热线：（025）83594756

"现代人小丛书"策划人言

20世纪60年代以后，全球资本主义进入消费社会时代，奥威尔在《1984》中预言的"老大哥"的普遍统治并没有出现，但赫胥黎所预言的《美丽新世界》却欣然降临，人们生活在感官刺激的消费景观中，而自己也欢乐地成为这景观的一部分却不自知。

300年的现代性给人类社会带来巨大进步，许多过去年代不可想象的权利和自由成为人类生活不可或缺的基本内容，但它的问题却也伴随着这些进步同时裸露出来，成为这个时代不可摆脱的困惑。

"现代人小丛书"的作者是一群世界一流的知识分子和专家，他们从各个不同的与日常生活紧密相关的领域或问题出发，向公众提供面对后现代社会诸多问题的基本知识和批判性思考。它不是一套传统的公民读本，它讲述的是即便人们已经有了基本政治权和社会经济权之后，现代社会依旧没有摆脱的工具理性的"铁笼"命运，而生活在其中的人们，当如何面对这些命运。在残缺的人性和不够坚强的道德理性面前，如何坚持对一种好生活的塑造。

这套书是理解今天之现代性的批判性思考，它应该成为今日社会的普遍知识，以帮助每个现代人在今天的充满困惑的生活中保持批判的理性和审慎的乐观，以及，更重要的，保持并回归真正自我的本真。

人类更应该关心自身天性的历史，而非自身行为的历史。

——弗里德里希·黑贝尔

（Friedrich Hebbel）

光关上思想的大门是毫无用处的，因为思想不可阻挡。

——文策尔·洛塔尔·梅特涅

（Wenzel Lothal Metternich）

成为文明人的标记是，怀疑自己心存的首要原则。

固执者的思想如同眼睛的瞳孔，你放进越多的光，它就缩得越小。

——小奥利弗·温德尔·霍姆斯

（O. W. Holmes Jr）

目 录

当未来他们回望我们

曾经有一位受人尊敬、十分富有的农民，他有全国上下养得最好的畜群，大陆南边的农民都来向他讨经验。这故事发生在南罗得西亚，也就是现在的津巴布韦，我长大的地方。时间是在"二战"后不久。

　　我与这位农民及他的家人相熟。他祖上是苏格兰人，所以决定从苏格兰引进一种十分特别的公牛。当时科学还未发展到能将配种小牛犊打包从一个大陆寄到另一个大陆的地步。这小野兽没过多久就运来了，当然是通过空运，它受到了由农民、亲友和专家组成的迎接委员会的欢迎。为了它，农民花费了一万英镑。我不清楚现在的情况如何，但在当时，这对一个农民来说是一笔极大的开销。小公牛得到了一个专门为它打造的牛棚，它是一头结实的、令人惊叹的动物，表现得十分活跃。据说，它喜欢被人挠后脑勺的部位，但挠痒者得离它一定的距离，站在围栏外拿一根长棍挠。它有专属的牛倌，一个大概 12 岁的黑人男孩。一切都很顺利，很明显这头公牛将成为一整群达到要求的牛犊的父亲。它一直能吸引游客前来观赏，这些游客会在周日的下午开车过来，站在牛栏外，对着这头惊人的野兽啧啧称奇，毕竟它看起来强健无比却又十分温顺。但是不久后，这头公牛毫无征兆、难以理解地杀死了它的牛倌，那个黑人男孩。

人们举行了一场类似法庭审判的活动。男孩的家属要求赔偿。他们得到了赔偿，但事情并没有这样结束。农民决定屠宰这头公牛。事情传开了，许多人到他跟前来为这头无与伦比的野兽求情。毕竟，公牛是会突然发狂的，这是天性，无人不知无人不晓。小牛倌事先也被警告过，一定是他没有小心看管。很明显，这种事情不会再发生了……杀了它，所有的努力，所有潜在的可能，更别提已经花费的资金，都付诸东流了——何苦呢？

正像我说的，这位农民可不是什么无知者和土包子。此外，他和他那一类人——居于统治地位的白人小群体——一样花大量时间责骂生活在他周边的黑人，认为他们原始、落后，信仰异教，诸如此类。

但他所做的事——因为一头动物犯下恶行而判处它死刑——却能回溯到人类历史的远古时期。太过久远以至于我们不知道它的源头究竟在哪儿，但可以肯定的是，它始于我们尚不能完全区分人类与动物的时候。

朋友和其他农民婉转提出的建议都被农民的一句话简单回绝了，"我知道如何分辨善恶，谢谢你"。

我还想讲另外一个事件。在"二战"快结束时，有一棵树被人们判处了死刑。这棵树与贝当将军有联系，后者曾是法兰西的拯救者，后来却成了法兰西的叛徒。贝当被捕时，这棵树也以通敌卖国罪被庄严地宣判并处死。

我常会思考这些事件：它们代表了那些似乎随着时间流逝而逐渐淡去意义的事情。无论何时，当事情进展平稳——我说的是一般意义上的人类活动——一种可憎的原始主义就突然涌现出来，人们回到野蛮状态。

这就是我想在本书前五篇文章中谈论的东西：无论是作为个体还是群体，我们有多频繁、多深入地受到自己野蛮过去的控制。有时，我们似乎毫无出路，我们急速地收集关于自身的知识——太急速了以至于没有完全吸收——不仅是关于作为个体的自己，还有群体、国家，以及作为社会成员的自己。

在这样的时代，光是活着就够让人恐惧了，我们甚至无法将人类视作怀有理智的生物。从天到地，我们看到的都是残忍和愚蠢，直到这世上再也瞧不见其他事物，只有——我们已无法制止的无所不在的野蛮状态。然而，尽管我认为确实存在一种普遍的恶化，但恰恰是因为世事之骇人已使我们过于沉迷，以致忽略——或者说没太注意——一种同样强大的反向力量，简而言之，就是理智、正常与文明的力量。

　　当然，我知道当我说出这些词语时，一定会有人低声咕哝："啥？这女人一定疯了，才会在我们身处的这一团乱麻中看到好的东西。"

　　我认为，恰恰只有在评估我们自身行为的过程中，才能找到这种正常，就像我们审视那个处死动物以令其赎罪的农民，或者那些审判并处死一棵树的人。我们有这样的武器来对抗这些巨大而强盛的原始本能：从另一个视角来观察我们自己。其中的一些视角非常古老——甚至比我们想象的还要古老。"应该用理智来掌控人类事务"的要求一点都不新鲜。举个例子，在做另一个研究的过程中，我偶然读到了一本印度古书，它有 2000 年的历史了，是一本关于理智管理国家的指导手册。其中的指导出色、明智而充满理性，与我们今时今日所能想到的别无二致；即便拿我们现在的公正标准来看，在这本书的指导过程中，公正也从不缺席。我之所以提起这本书，是因为它虽然看上去难以想象地古老，它都说自己是一系列讲述同类主题的古籍中最新的一本——顺便说一下，这本书叫"治国安邦术"（*Athásàstra*），由一个名为考底利耶（Kautilya）的人所著，很可惜的是除了在专门的图书馆以外，你很难接触到这本书。

说起来，这绝不是一件让人感到乐观的事，相反，它让人感到前路暗淡，在长达几千年的时间里，我们都知道如何完美地管理一个国家，却毫无建树；但是，我们对自身的认识，则更为精细复杂，更为深远，比古代人所知的多得多，比这几千年来人们所知的总和还要多——而这也是我说此番话的重点。

如果我们将自身所知付诸实践……但这正是问题所在。

我认为，当后人回望我们，他们对一件事的执念会超过其他任何事，那就是——我们对自身的认知的确超过往昔，但其中没有多少知识被运用到实际情境中。关于我们自身的信息大爆炸的确发生了，但这些信息的出现正是由于我们客观审视自己的能力仍处于

"幼儿时期"。这与我们的行为模式相关。这些成问题的科学有时被称为行为科学（behavioural sciences），它们主要探讨我们在群体中以及作为个体是如何运作的，而非我们喜欢怎样去思考我们的行为和运作，后者往往更讨喜。这些科学在观察人类自身的行为时试图做到如同在观察另外一个物种。这些社会科学或行为科学正是我们能超然于自身、冷静地审视自己的结果。如此这般的信息有千万种，大学、研究所和富有天赋的普通人莫不通此道理，但我们掌控自身的方式仍未改变。

我们的左手不了解——也不想了解——我们的右手在想什么。

这就是我认为现阶段的我们身上能被看到的最独特的东西。而后来者定会对此感到惊讶，正如我们对先人的盲目无知与冥顽不灵感到讶异一样。

我花了不少时间来想我们的后来者到底会怎么看待我们。这并不是一个无聊的兴趣，而是一次深思熟虑的尝试，试图强化"他者之眼"（other eye），用它来评判我们自己。任何一个稍微读过一点历史的人都会明白这样一种激昂而强大的信念：生活在这个世纪的人总是会觉得上一个世纪荒诞又离奇。我们从未像亲历过那个时代的人那样看待过历史上的任何一个时期。在任何一个时代，我们经历的都是大众情感和社会条件对我们产生的影响，我们几乎不可能与这一影响相分离。通常，大众情感都是那些最高尚的、最优秀的和最美妙的情感；但在一年之间，五年之间，十年之间，五十年之间，人们会开始问，"他们怎能相信那玩意儿？"因为，套用一句俗话，终要发生的事件也终会把上述大众情感"扫进历史的垃圾桶"。

　　我的同代人经历了多个充满暴力的反转，我只说说其中一个。在第二次世界大战期间，当苏联被希特勒入侵并成为民主国家的盟友时，这个国家在大众心中颇受优待。斯大林被亲切地称为乔叔叔（Uncle Joe），就好像是普通人的好朋友，苏联成了一片充满勇气和自由精神的土地，共产主义则是苏联公共意志的有趣显现——我们甚至应该向他们学习这一套。这一切持续了四年，然后突然——好像就是一夜之间——事情完全往相反的方向发展了。前面提到的态度全都变成错的，是背叛祖国的，是对所有人的威胁。那些前阵子还谈论乔叔叔的人，就好像啥都没发生过似的，突然说起了"冷战"的那一套话语。一种极端的、感情用事且十分愚蠢的、由战争供养的必需品，被另一种极端的、不可理喻且仍是十分愚蠢的必需品所取代。

经历过这样一种反转，哪怕一次就足够让你永远对大众心理持批评态度。

我认为，作家天然就更容易从大众情感和社会情境中脱身。那些持续审视与观察的人成了他们所审视与观察之事物的批评者。瞧瞧几个世纪以来人们笔下的那些乌托邦吧，摩尔的《乌托邦》（*Utopia*）、康帕内拉的《太阳城》（*City of the Sun*），莫里斯的《乌有乡消息》（*News from Nowhere*）、巴特勒的《乌有之乡》[*Erewhon*，书名就是"无处"（Nowhere）的变位词]，以及所有由科学与太空科幻小说作家——我认为二者源于同一传统——为我们可能的未来所谱就的不同蓝图。这一切当然都是对现存社会的批判，因为你无法在真空中写出一个乌托邦。

我以为，小说家能为其他公民做出多种表率，但其中最重要的一个是：使我们像别人看待我们那样来看待自身。

当然，在极权社会，正是出于这一原因，作家不被政府信任。在所有的共产主义国家，这种职责，亦即批评的职责，是不被允许的。

我顺便也在一般意义上把每个国家的作家视为一个整体，几乎视为一种"有机组织"，这一有机组织经由社会而演变，成为检验社会的一种手段。它因时代不同而各有差异，并不断变化。可以预测的是，其最近一次的演变是朝向太空与科学幻想的，因为人类正对太空研究"着了迷"，而且从历史上来说，我们直到最近才掌握了"科学"这一能力。这一有机组织必然需要随着社会的变化而发展、变化，它并不能产生自我意识，自觉为一种有机体、一个整体，但我认为不久后它便会发展到这一步。世界正成为一个整体，而这能让我们所有人将许多不同的社会视为一个整体的不同部分，也能让我们看到这些不同社会所共有的部分。如果你把作家群体看作一个阶级、一种层次、一条线索，举世皆然，各有变化，但又共同构成一个整体，它便与由奖项之类的东西所培植出的疯狂竞争毫无关系。我认为，无论哪里的作家皆是彼此的一部分，也是一个受社会影响而演变出的职责的一部分。

作家、书本、小说，本应起到这样的作用，但我不认为人们对作家、文学的态度能够反映这样的作用，至少现在还没有。

小说应该和人类学著作摆在同一层书架上，我的一个朋友曾经这样说过，他是一位人类学家。作家对人类的境况持续发表意见，因为这就是我们的主题。文学正是我们实现用"他者之眼"——这种分离式的自我观察——来审视自身的有效途径之一，历史则是另一种途径。然而，年轻人越来越不这样看待文学和历史，不把它们看作不可或缺的生存工具……关于这一点，我稍后再谈。

让我们回到农夫与公牛的故事。有人会争辩说，这位农民突然回归原始主义，除了给他自己和家人带来影响外，没有伤害其他任何人，而且这在人类的历史舞台上不过是件极小的事情。但完全相同的事情在大事件中也的确存在。举个例子，当英国和意大利的足球球迷最近在布鲁塞尔发动暴乱时[1]，他们就变成野

1　1985年5月29日，英国利物浦队和意大利尤文图斯队在比利时首都布鲁塞尔的海瑟尔体育场争夺欧洲俱乐部冠军杯的冠军。由于英国球迷闹事，酿成了一场41人死亡、400多人受伤的惨剧。为此，英国政府向议会提出一项紧急法案以严厉制裁足球闹事事件。（本书注释均为译者注。）

蛮的动物，正如旁观者和评论家们所说的那样。那些英国蠢蛋貌似在他们杀死的人的尸体上撒尿。在这里使用"动物"这个词对我来说其实毫无益处。这是否真是动物的行径，我不确定，但毫无疑问的是，当人类准许自己退回野蛮状态时，这就是人类的行径并且这种行径已经持续了几千年，也许是几百万年——时间的长短取决于我们把自身作为人类而非动物的历史起点设在何处。

在战争时期，那些经历过战火的人都会记得，那些与允许自己记住真相的战士交谈过的人也会记得。他们记住的是真相，而不是那些多愁善感的时刻，后者只能提供逃避自身所创造出的恐惧的庇护所……在战争时期，我们——作为一个种族——退回过去，甚至被允许变得血腥而残酷。

正是由于这个原因，当然还有其他一些原因，不少人喜欢战争。然而，这也是人们常常忽略的关于战争的事实中的一个。

我以为，在谈论战争或和平这一话题时，没有意识到存在大量喜欢战争的人，是感情用事的——这些人不仅喜欢战争这一理念，也喜欢打仗这一行为本身。

我曾经长时间地聆听他人谈论战争，以及如何阻止战争发生和战争的丑陋残酷，但在这些谈论中，哪怕一次也没有涉及战争这一概念本身就会让许多人感到兴奋，甚至当战争结束后，这些人会说那是他们人生中最美妙的时期。即便有些人在战争中拥有可怖的经历，这些经历毁掉了他们的生活，他们仍会抱有这样的想法。经历过战争的人都知道，当战争靠近时，最先存在的是一股秘密的、不为人所知的狂热，就好像在敲击一只无声的鼓……一种可怕的、不正当的、暴戾的兴奋感开始蔓延。然后，这种狂喜变得越来越强大，以至于人们已经不可能忽略它：由是，每一个人都被它控制住了。

　　在第一次世界大战爆发之前，整个欧洲和美国的社会主义运动达成共识，认为资本主义正在煽动战争，而所有这些国家的工人阶级与此毫无关系。然而，当战争真正降临，那股有害却吸引人的狂热就开始蔓延，那些正直、理性、值得尊敬的反战决心全部被遗忘。我曾听年轻人充满困惑地谈论这一点，因为他们无法理解为什么会发生这样的事。他们无法理解，因为他们未曾经历，也未曾被告知彼时令人恐惧的狂热是多么强烈——这股强烈的狂热源自人类思维与经验中的一个古老部分，这部分比正直、高尚、理性的那一部分更为古老，虽然后者为我们提供了反战的决心。然而我们还是可以假设一下，那些社会主义会议的代表明白这一点；更重要的，假设代表们做好了准备去讨论战争可能影响工人阶级，因为管别人叫野蛮人总是容易的，难的是明白自己也是如此。若像我们假设的那样，他们会更有效地完成对战争的抵抗，因为他们实际上全然期待欧洲的工人群众会拒绝做待宰羔羊，即便这根本没发生。

当 1982 年我在津巴布韦时，这个国家才刚刚独立两年，那场骇人战争的收尾，比我们听闻的更丑陋、更野蛮。我遇到了来自交战双方的战士，白人和黑人。首先一个很明显的事实是，他们处于受惊状态——即便他们不自知，外人也肯定能看出来。七年的战争让他们陷入一种眩晕的、古怪的茫然状态，我认为这是因为当人们在真实的经历中被迫认识到自己所能达致的野蛮程度，就会过于震惊而无法轻易接受这个事实。结果是要么全然接受，要么断然忘记。然而，还存在另一个事实，而且就这篇演讲的目的而言，或许是更有趣的一个事实。来自交战双方的战士，无论黑人还是白人，完全在享受这场战争。战斗需要精绝的技艺，以及个人的勇气、主动与智谋——这是一个游击队员的技艺，而这些天分在长期的和平中是不能用在刀刃上的。人们总是以为自己有这样的天分，而且默默地期待一个机会来展现自己的天分。我以为，这是战争爆发的一个重要原因。

这些人，无论黑白，无论男女，曾生活在高度的紧张、戒备与危险之中，他们的技艺被发挥到了极限。我曾听人说再也不会有什么能比得上那样的经历了。战争的惊骇尚近在咫尺，所以他们还不会说，"那是我人生中最好的时候"，但我确定，他们当时已经开始这样想了。当然，我是在说真正的士兵，而非平民，后者在战争中过着悲惨的日子，白人政府和黑人游击队都依据自身的目的来利用他们，残忍地对待他们。

如今，战争已成往事，成了程式化的文字与充斥英雄情结的图片。年轻人在听完他们父母对战争的描述后，或许会产生一小股无意识的向往；如果他们的父母曾是战士，那便毫无疑问了。经历过战争的平民不会怎么谈论它，因为他们明白不可能将战争丑陋的一面转化成其他的什么。但那些黑人士兵，大多数从孩提时就被教导打仗，而那些白人士兵，则一直在怀恋往昔。伟大的解放战争，荣耀的圣战，给这个国家及其国民带来了巨大的心理创伤：战争过后，我们甚至都不想再去检查这些伤口。或许是我们**无法检查**，而这正是创伤带来的后果。这种英勇的、荣耀的战争从一开始就是不必要的，而且从白人一方来看，仅仅需要最最基本的常识就能避免这场战争。然而，白人们却陷入了各式各样的原始情绪中。"我必须拿起自己的来复枪，干到只剩最后一滴血为止。"这是我引用的话。我可以继续把这句话的上半部分引用出来："如果你以为像你这样的红衫军士兵以及英国政府会把这个国家交给那些黑人，那我必须拿起自己的来复枪，干到只剩最后一滴血为止。"他做到了。

我最近从一个南非白人的口中听到了这样的观点。

是啊，要对抗如此原始的激情，光有一点点理性的声音似乎是不够的。我们看看南非吧，他们没从肯尼亚和白人的罗得西亚学到任何东西。但或许，我们必须这样相信，在大量的狂热者之外，仍然存在着怀抱理性的男男女女，他们长期冷静地审视肯尼亚和罗得西亚，并从中学到了东西。或许吧。虽然现在看来并不存在这样的人。

"血"这个词，常常被领导者用来刺激我们。

"自由之树必须时常用爱国者和暴君的血来浇灌。它是自由之树的天然肥料。"这是托马斯·杰斐逊说的。

"我们的战士所流下的鲜血将在和平时期鼓舞我们。"

"流血才能让我们重生！"

"通向光辉未来的道路是由鲜血铺成的。"

"烈士们的鲜血将鼓舞我们：我们将永不忘记那为了人民群众而淌下的鲜血。"

当人们说出"血"这个词时，已经不存在多少辩驳的空间了，它是一个标志——理性正开始失效。

当然，这些关于鲜血的交易可以追溯至献祭仪式，数千年间，牧师们划开了一批初民的喉咙，接着是动物的，让鲜血喷涌而出，只为取悦某些野蛮的神明。血祭、牺牲、替罪羊，深刻地影响了我们每一个人。当一个领袖借助鲜血来博取我们对他和他的伟业的支持时，会说是时候让我们自己保护自己了，会让我们想想过去几千年来我们祖先的性命都是由鲜血和牺牲所护卫的。但是，我们的性命并不需要鲜血来护卫，只有在被强迫的情形下，我们才会退化到借用鲜血的地步。让人感到讽刺而可笑的是，几乎就是那些声称处于进步与启蒙等事物的最前线的领袖们，最容易借助鲜血来完成自己的事业。好吧——有时人们不得不这么想，讽刺带来的可笑感，是我们仔细考虑人类的故事时所能得到的唯一慰藉……

"我们要把敌人淹死在他们自己的鲜血里。"

是啊，敌人……

不久前，在美国的一所大学里举行了一项非常有趣的实验。这所规模不大的大学临近一个小镇，小镇和大学关系密切。

某天，该校心理系的代表们邀请小镇的居民到校园里参与一项实验。那天风和日丽，大学校园是个不错的去处，小镇居民与大学师生早已习惯优待彼此，所以那天在约定的时间有好几百人抵达了校园。然后……然后什么都没发生。什么都没有。邀请居民的心理学家们一个都不在场，也没留下任何解释、任何通知。来访者就这么站着等待，然后他们开始试着找熟人和朋友，还是什么都没发生。他们开始讨论，他们应邀而来，却没人前来招待；他们开始争论。很快，人群就分成两个阵营，持有截然不同的观点。接下来，人群分成了两拨，两方的代言人很快出现，辩论开始，继而是争吵。大家争吵的话题除了被邀请到自己的大学（小镇居民认为大学是他们自己的）却受到冷遇之外，还讲述和争论了各式各样的话题。

分歧产生的历史原因浮出水面，并呈现出一种新的形态。人们会认为，这种场合毕竟还是很有用的，因为用人群里的一位妇女的话来说，这是一个"把该说的一股脑儿说出来"的机会。两个阵营开始以暴力的方式争吵，小规模的扭打首先出现在了年轻男性之间。到了这份儿上，眼看着会有更严重的打斗出现，心理学家们才现身把一切解释清楚，说这是一场社会实验。这个研究试图探究人类的思维在看待成对儿的事物时的趋向——要么这／要么那，黑／白，我／你，我们／你们，善／恶，善的力量／恶的力量。

"你们这些人，"大胆的研究者们继续说道，"到这儿不过才几个小时，现在就已经分成两个阵营，各有领袖，各视自身为善的化身，对方则至少是执迷不悟的。你们争吵的其实是完全不存在的分歧。"

这个独特的下午究竟是如何结束的，我们不得而知，但我希望它最后变成一次类似大型露营的活动，所有由人挑起的怒焰与激情都在和谐与善意中消弭。

将自己视为正确一方，视他人为错误一方；将自己的事业视为正义的，他人的事业则是邪恶的；自己的想法是确切的，他人的想法即便不是彻底的邪恶，也是胡诌……行吧，在我们冷静的时候，当我们还是人的时候，我们思考、反省，允许我们理性一面的思维来掌控自己，我们所有人都会认为这种"我对，你错"的说辞是胡说八道。所有的历史、发展，都在相互的作用与影响中继续，即便是极端暴戾的意识与行为，也被编织进人类生活的一般结构中，作为其中的一缕脉络。这种进程在历史中不断反复，事实上，这就好像是人类发展进程中最真实的一面，亦即社会演变的主流趋势：无法容忍极端，所以它试图驱逐极端与极端分子，或者通过将极端分子吸纳到一般大众中来摆脱他们。

"所有的事物都是流动的……"古希腊哲学家赫拉克利特这样说道。

从来不存在"我站在正确一方，我的阵营是对的"

这样的事情，因为在一两代人的时间里，我现在的思
维方式就会被认为是稍微有些荒唐的，或许已经被新
发展所淘汰——最多也不过是被"变革掉"的东西，
所有的激情退却，化成一个伟大进程、一种进步的小
小部分。

你们该死，我们得救

我在一个白人少数群体统治黑人多数群体的国家长大。在旧南罗得西亚，白人对黑人的态度是极端的：前者对后者充满偏见，无知而傲慢。更重要的是，这些态度被认为是不会改变、不容置疑的，尽管轻瞥一眼历史他们（其中许多是受过教育的人）就能知道，他们的统治不可避免将走向终结，他们所确信的东西不过是过眼烟云。但这个白人少数群体中的任何成员都不能违背群体的意志，任何一个排斥这一点的人，必须改变自己的想法，要么闭嘴，要么离开。在白人当权期间——整整90年，但这在历史长河中不值一提——一个持不同政见的人就是异端，就是叛徒。而且，这场独特游戏的规则要求，仅仅宣称"某人站在我们的对立面，而我们握有真理"是不够的，必须要这样说："某人邪恶、败坏、性关系堕落"，如此等等。

　　1984年，在英国矿工罢工示威开始的数月后，当示威正要进入第二个阶段，也是更暴力的一个阶段，一位矿工的妻子在电视里讲述了她的故事。她的丈夫已经参与了几个月的罢工示威，现在他们毫无收入。尽管她的丈夫支持工会，认为确实应该罢工，但他也认为阿瑟·斯卡吉尔[1]把这场示威带向了糟糕的境地。无论如何，他同一小伙儿工人返回了岗位。一帮子矿工打破了这对夫妻家的窗户，砸毁了家里的物什，还殴打了这个男人。女人说她知道是哪些人做了这事，她说，他们所在的小区本就联系密切。她能认出他们，他们是这一家人的朋友。她深感震惊，也十分困惑。她不愿相信，正直的挖矿伙计们会干出这档子事。她接着说，这帮男人中的一个曾在独自一人时跟她打过招呼，"就像他往常打招呼时那样"，但当他跟那帮人一起时，她对他而言似乎就是隐形的。

完全无法理解，她这么说道。但我认为——也仅仅是我个人的观点——她不仅应该理解为何如此，还应该明白事情就是会走到这一步；我认为，我们都应该理解并明白这档子事，而且把我们从历史和社会律法中习得的这些东西嵌入我们的体制结构中去。

当然，有人会争论，这种人生观未免太过绝望。这就是说，比如，我们可能站在一个满是亲朋的房间

1　阿瑟·斯卡吉尔（Arthur Scargill, 1938— ），英国工会和政党领导人，于1981—2000年领导全国矿工工会。作为左翼人士，他任工会主席期间领导的1984—1985年英国矿工大罢工是英国工会与政治史上的一个关键事件。

里，同时知道其中十分之九的人在群体有要求的情况下就会变成我们的敌人——正如发生过的那样，可能用石头打破我们的窗户。这就是说，如果你是某个紧密团结的社区中的一员，当你与整个社群的观念相左时，你很可能会被视作一个窝囊废、一个罪犯、一个恶人。这完全是一个自动的过程，几乎所有处于这种情境的人都无法控制自己的行为。

然而，总会有一小部分人不这么做，在我看来，我们的未来、每个人的未来都扛在这一小部分人的肩膀上。我们应该思考教育儿童的方式，以扩大这少数群体的规模，而不是像我们目前通常在做的那样，让儿童敬畏集体。

让人绝望？没错。但我们都明白，成长就是个艰难又痛苦的过程，而我们在探讨的正是作为社会性动物的人类群体的成长。那些怀抱各种各样让人感到舒适的幻觉与观念的成人是幼稚不堪的，我们中那些将我们自身视为一个群体或者群体成员（聚居动物）的人也是如此。

现在我可以任意谈及"聚居动物"或"社会性动物"。将人类视作动物，并把我们的诸多行为溯及既往的动物行为，这种论调已经变得十分普通。大概在过去这三四十年间，人们默默地开启了这种思维的转变。有趣的吊诡之处在于，这一变革不断扩张并深入人心，但它从未从整体上获得诸多研究领域的学者之肯定。大众不同意不是什么新鲜事；但当接纳这个观点的学者在群体内部将之与专业人士、某些知识领域的专家分享时，后者也不喜欢它。

截然相反的事情却在被称为"软科学"的领域——心理社会学、社会心理学、社会人类学等——悄然上演，我们正是在这些学科中获得了许多关于自身的奇妙发现。抹黑这些学科，管它们叫"失败"学科似乎是一种流行。当高校要缩减开支时，这些学科会是首批被淘汰的。然而有趣的是，这些学科全都是关于新领域的研究，非常新，其中一些学科只有不到半个世纪的历史。从整体上来看，这些学科共同形成了一种全新的审视我们自身、审视体制的态度——独立、好奇、充满耐心、倾向于调查，我认为这种态度在我们对抗自身的野蛮，对抗我们长久以来自视为群体性动物方面，是最具价值的东西。人们做了大量工作，也进行了或正在进行大量实验，其中有些工作和实验完全改变了我们对自身的思考；而且装满了新品类的书籍的图书馆出现了，其所配置的书籍完全是新式的，是一种新的研究范式所得出的成果。

就像我在上一篇演讲里提到的，我们的后辈一定会深感惊讶，一方面我们积累了越来越多的关于自身行为的信息，可是另一方面，我们却从未尝试利用这些信息来提升自己的生活。

可以拿我们目前对自身群体运作的了解来举个例子。我们现在知道，群体中的个人更倾向于依照可预测的模式化方式来做出行动。尽管如此，当公民们聚集起来成立，比如说，一个保护独角兽的社团时，他们不会说："我们将要建立的这个组织可能会朝着这样几条路径中的一条前进。大家要明白这一点，并留心自己的行为，这样才能保证是我们在控制社团而不是社团控制我们。"再举个例子，左派或许会觉得下面的话很有用："经过一段时间人们就能毫不费力地发现，像我们这样的团体是很容易分裂的，然后分裂形成的两个新团体相互敌对，各自的领袖彼此谩骂。如果我们能一直对这种令我们的组织不断分裂的内在动力保持注意，我们或许可以尽量避免落入教条。"提

醒一下，仅是知道事情可能朝什么方向发展是满足不
了我们的。据传，大概是在 1905 年，那些在伦敦成立
了布尔什维克党的高级知识分子对彼此说道："我们
要从法国大革命中吸取教训，我们不要因为固守教条
而刀剑相向，更不能彼此屠杀。"然而历史却正是朝
着这个方向发展的。他们深陷权力之中无法自救，而
这头权力的野兽正是他们放出来的。他们不明白自己
身上发生了什么。如今，只要愿意使用，我们有越来
越多的信息来帮助我们在各种情境下理解发生在自己
身上的事情。

　　然而无论在何处，对于某一群体的人而言，这一
伟大的成就却形同虚设。为什么？我以为，在这种情
形下，绝非仅仅是因为老一辈的学者厌恶新的态度。
我认为，这些人在无意识地寻找一些东西，他们没能
找到，那就是确定性与教条，以及能够适用于任何情
形的已被证实的秘诀。

　　人们喜欢确定性。更进一步，他们渴求确定性，
他们寻觅确定性，以及终极真理。他们喜欢参与那种
由真理与确定性塑造出来的革命运动，如果有异见分
子和异教徒，那就更让人满足了，因为这种结构深植

于我们每个人心中。

英国正迅速成为一个两极分化的国家（身处这一进程中我深感惶恐），矿工们的罢工运动只是让左派的倾倒与分裂态势更显山露水一些而已。长久以来，英国的左右之争其实一直维持着一种平衡，两派内部存在各种各样的不同观点。这种平衡已经不存在。左派成了一大堆大小团体的集合，而这正是社会失序乃至革命的标准配置。

极端化不仅体现在政治上，在大学里也是如此。我的一位朋友决定学习人类学，但她发现在大学里除了马克思主义者的课程（基于马克思主义价值倾向的课程）外，自己听不到任何其他的东西。如果你说，如今的马克思主义已经不是一个统一体，而是一些小"教堂"的集合，每个小教堂都有自己的条条框框，这我同意；但是，它仍然存在一些基本相同的态度取向。这些态度仍旧是无意识的。一些事情从未被讨论，甚至没人提起。人们呆坐数个小时、数天，讨论战争，但绝口不提战争兴起的原因之一就是人类热爱战争，或者热爱打仗这个想法。同样的情况发生在左派中，人们或许没完没了地听说或读到左派所处的困境，但从未听他们谈及其身陷囹圄的原因——人们感到害怕。苏联是一个残暴的政权，在那里，如果你是个异见分子，就可能被关入精神病院，因为你一定是疯了才会对国家不认同；在那里，统共有 2000 万人死于斯大林时期的屠戮行径。古巴……埃塞俄比亚……索马里……南也门……我可以接着数下去，但已经没这个必要了。但对于真正处于左派之中的人来说仍有必要。正如大型群众运动都会有的，左派里也有一些感情用事的所谓确定性，不容反驳，不被讨论。其中一个就是社会主义者在道德上优于非社会主义者。另一个确定性是资本主义者都是坏人，是社群里的蛀虫，残忍又腐败。还有一个，社会主义者天生就是向往和平的。再来一个，女人在天性上就比男人更热爱和平。历史并不是按这些确定性行进的。

然而，我并不只是在讨论社会主义、资本主义、马克思主义等，也是在讨论信仰——信仰的结构。我们现在生活的时代被称作"信仰的时代"，然而，这并不是世界第一次被冠上这个头衔……先让我们回到矿工的罢工上去，很不幸的是，这个例子对我的主题陈述颇有用处。

　　罢工开始时，事情并不是非此即彼的，对话还是为了达成共识和协商谈判。数个月过去后，人们的态度变得强硬。一开始，许多矿工仍坚持工作。罢工者们厌恶那些参与罢工但最终返岗上班的工人，却没有以相同的态度去憎恨这些坚持工作的工人。这是一个典型的心理模式。反对者始终不会比前盟友更令人讨厌。到了圣诞节，我们已经完全习惯看到两派人马的代表在电视上辩论这个问题了。根据官方的说法，工人应该对暴力行径、骚乱和社会失序负责；根据矿工们的说法，警察和拒不参加罢工的人才应该对这一切负责。任何一派都对另一派说不出一句好话，两派人都在说谎……摸着良心在说谎，到头来把行事方式给正义化了。大多数电视机前的观众知道两派人都错了，两方人马都对暴力行为负有责任，他们都在说谎，而且是摸着自己的良心说谎。每个人心里都清楚，罢工、内乱、战争，在它们开始的那一刻起，就注定会发生各种各样的悲剧，不因为别的，就因为每个社会中那些喜欢谋财害命的人终于逮住机会露出脸来。然而关键在于，在这些时刻，除了当局者，其他人都清楚事态如何，在旁观者看来，当局者就像喝醉了酒，精神

恍惚，或者失了心智。没错，他们的确如此。他们成
了一场集体性精神失常的一部分，只要他们还身处其
中，就不可能做出个人判断。

这些人的言语是由一整套的看法形塑而成的，而
这些看法是完全可以预测的。

举个例子，矿工们是如何谈论他们那些返工的同
事的。（放在平常）你完全无法想到全是恶意谩骂，
这些返工者被形容为强盗、人渣、污垢、垃圾、罪犯。
这倒也能料到，但有趣的是这些谩骂许多都是用宗教
语言表达出来的。返工者们"背弃上帝"，他们应该
重新"皈依上帝"，如是才能得到救赎；罢工者们拥
有这样或那样的"神圣权利"；当然，他们的罢工运
动因为受难和牺牲而被神圣化。

政治运动与宗教运动具有相似性，这种说法现在
看起来自然是陈词滥调。现在我们都会谈论社会主义
的"教会"，讨论马克思主义的"教条"，与那些宗教
偏执狂别无二致。但我想到的是，这种讨论的方式已
然成了**不再思考**的方式。现在的情况是，我们可以在
完全不提及宗教史的情形下讨论政治偏执、极端主义、
大众运动及其无止境的行动，除了以某些含糊的方式，

比如"宗教与政治运动有许多相似之处"。

我们忘记了自己是差不多持续了2000年的一个最残暴的统治集团的继承者，在它面前，希特勒和斯大林不过是婴儿；年轻人因为不熟读历史，甚至不清楚它的存在。现代的残暴统治者并不是没有从教会那儿吸取经验，有些甚至是有意学习。大约是在"一战"期间，教会失掉了自己的权力，不再是影响我们西方社会的一个重要因素。如今教会变得温和，它的工作定位已经与社会工作和慈善工作分不开了，它被无限细化。尽管其中一些教派是极权式的，但对于教会而言，掌控整个社会，成为管理与思想的主宰者已不再可能，至少到昨天仍是如此。然而有数百年，整个欧洲都处于一个独裁者——基督教会——的统治之下，它不允许其他的思考方式存在，切断任何外部联系及其可能带来的影响，从不犹豫以上帝的名义杀戮、清除、迫害、烧杀和折磨。将这一段历史牢记于心，不是为了保存关于往日独裁者的记忆，而是为了辨识当下的独裁者，因为这些模式仍存于我等心中。如果这些模式没有被我们放到心里，岂不怪哉？

我相信我们需要研究的正是这些模式，我们要熟识它们，当它们出现在我们所生活的社会中时要立马辨识出它们来。

把社会主义说成一种宗教形式，或者说现代共产主义者常常使用宗教用语，并不能对我们起到什么帮助作用，除非我们清楚地知道我们必须找到的模式到底是怎样的。

基督教给社会主义者的思想与行为留下的一个比较容易被观察出来的遗产，便是宗派主义。我们都知道，社会主义各派别彼此憎恨的程度超过对敌人的憎恨，甚至像对待敌人一样彼此攻讦；我们都知道，教条越是极端，攻击也就越极端。就好像基督徒们因为《圣经》里的一个字、一个词或者一句话的正确解释，花了好几个世纪彼此杀伐，现如今社会主义者各派别也在相互谩骂与审判。四处打探与摘掉异端，乃是他们首要关注的。

基督教思想结构的遗产正是我们需要研究的。

基督徒相信，一个人身处尘世苦难之中，这样一种状态是需要被拯救或者被"救赎"的。这种"救赎"终会到来，因为某个天命之人会愿意牺牲自己，将世间的罪恶都扛在自己肩上。未来一个绝对完满的国度终将到来，在那里没有折磨与苦难。在这个国度到来之前，存在一个过渡时期，人们需要好好准备、历经折磨。

共产主义者和社会主义者认为，我们生活于其中的整个系统是邪恶的，资本主义者和商人充满恶意，从最好的方面来说，除非全面变革否则无路可逃，而这种全面变革一定是暴力的——一场需要鲜血与牺牲的革命。极端主义者和左右派的狂热信徒相信，这场变革将由一位领袖完成，我们应当向他致以全部的敬意。从一个系统到另一个系统的转变发生后的一段时期，会充斥调整、准备与阵痛——有失才有得——但是人民必须净化自身源自过去的错误。当这段净化时期过去后，绝对幸福与充盈的时代一定会到来，这个时代是完全社会主义的，是完全共产主义的，罪恶不再留存于世。这便是基督教思想的结构，也是左派以及许多非左派政治团体的政治思想之结构，这些派别和团体完全相信暴力与极端变革，因为所有的异端分子和邪恶之人必然要走入坟墓或者接受"再教育"。

当我还年轻时，也曾有段时期是一个共产主义者。那是一种转变，十分突然而又全面的转变。（尽管只是很短的一段时间。）其实共产主义是我体内的一株胚芽，已经存在相当长的一段时间了。对我来说，主要是因为我不满于老旧的、白人主导的非洲所呈现出的压抑、不公的社会。但现在我想告诉大家的是另外一点：我们那个群体人数最多时是 40 人。没有谁是变态或怪胎。我们全是社会里的正常人，或者说曾经是正常人，因为彼时在打仗，我们中有些人是难民。从整体上来看，我们很可能比大多数人都更有活力，懂得更多。在大概两年的时段里，这个群体保持完整，之后才分崩离析、彻底消失。在这段时间里，我们将某些公理或信仰之事视作完全不可置疑的东西，比如我们会相信，在很短的一段时间后——很可能是 10 年后——战争会结束，世界会回归正常，每个人都会承认共产主义的美好，整个世界会是共产主义者的世界，没有犯罪，没有种族歧视，没有性别歧视。（在这儿，我不得不指出，并不是 20 世纪 60 年代的女性平权运动率先开始对性别歧视的批判。）我们相信世上的每一个人都会生活在和谐、爱、富足与和平之中，直到永远。

　　这简直就是在发疯。然而我们当时就是这样认为的。像我们这样的群体在各个角落存续下来，有些时候这些群体就依靠自己的信念过活，憎恨、迫害、谩骂那些不同意他们观点的人。这是一个永无止境的进程，我想着自己一定要继续下去，因为往昔的模式就深深地存续于我们的身体里面，对一个社会的批判以及想要改变它的欲望很轻易地就落入这样的模式中。

我相信，我们受到某种极为强大和原始的力量的支配，而我们甚至都还没有迈出应对这种力量的第一步。研究这种力量，没错，一百多所大学都在做这样的工作；但将之运用于实践——绝没有。

最近我遇到了一位老朋友，我照例跟她打了招呼："你过得怎么样？""太可怕了，"她说，"我不知道能做什么。我最小的女儿18岁了，完全变了个模样。你知道的，我们家一向幸福美满，恐怕是我想得太理所当然了，一切都变了。"

我当时就想："啊，可怜的安妮肯定是受了革命政治的影响，一定是这样。"但我那位朋友接着说："你知道的，安妮一直就有信仰宗教的倾向，对那些玩意儿怀有兴趣，但现在她成了一个'再世基督'。她变得太快了，住在家里却几乎不再与家人交流，她特别恨我。她把所有的时间都花在新结交的朋友们身上，她觉得那些朋友无与伦比，甚至把他们视作圣人。我觉得这些人都十分普通，没什么可谈的，其中一两人明显疯癫了。但他们得救了，你明白吧。我们没有。我们注定要领受地狱之火，而他们可以升上天堂。他们有个领导，我认为这个领导不过是个贪恋权力的人，但安妮看不出来，她还觉着这人是个什么圣人。当我问她怎么能这么对待我们，这么对待她的家人，把我们视若尘土，她说耶稣曾这样同母亲说：'女人，我和你有什么关系？'"

好呵，我们这就回到了一模一样的模式中。

我这位朋友当然清楚，她的女儿会"长大的"，就好像当年我给我的父母上演一模一样的"你们该死，我和我的朋友们得救"套路时，我的父母所殷切希望的那样。西方世界充斥着有过这样经历的人，年轻时是一群偏执狂和疯子中的一员，直到长大后离开。我可以说我认识的英国人有一半可以划归此类。但在我们的例子中，我们追求的是政治而非宗教信仰。回想我们曾经完全委身于一套教条，如今又觉之可悲，脸上不禁泛起一阵扭曲尴尬的微笑。

与此同时，我们观察后辈们经历相同的阶段，知道我们所能做的只有：害怕他们。这么说并不为过，在这些暴力时期，我们能为年轻一代所许下的最善良、最明智的愿望一定是："我们希望，你们沉浸在集体疯狂、群体性自以为是中的时期，不会与你们国家的某些历史时期相重合，不然你们就会把你们那凶残又愚蠢的想法付诸实践。

"如果你们够幸运，你们会凭着自己在偏执与不容异己的道路上习得的本事所构成的经历而崛起。你们会明白，在公众整体陷入疯狂的时期，正常人谋杀、毁灭、说谎、颠倒黑白是完全可能的。"

PRISONS WE CHOOSE TO LIVE INSIDE

熟视无睹

朝鲜战争期间，美国政府惊讶地发现美国士兵对各种各样他们并未犯下的罪过表示忏悔，认为这是由于朝鲜人对他们施以了洗脑术。正因为如此，美国开始频繁地在洗脑和驯化方面做研究。自此以后，这种研究从未停歇，并给我们带来了大量关于社会及其运转机制的知识信息，我认为这些信息足以转变我们，转变我们的生活，转变我们对自身的观念。这一小段历史有一些有趣的侧面，其中之一就是人们能够看到各式各样的政府和神职人员在数千年间是如何运用洗脑技术来掌控他们的臣民的。估测这种洗脑技术在多大程度上是实用主义的，又有多少是基于有意识的专业经验的，是一件有意思的事情。但当一个强大的现代政府开始指使专家去开拓一个本来未知而神秘的领域时（带着好比人类学家调查原始部落栖息地时应该保持的那种冷静去开拓），毫无疑问这是社会自觉向前迈出了一大步。

　　关于朝鲜战争，我记得很清楚。那是场惨烈的战争，但它一直处于越南战争的阴影中，以至于近乎被遗忘，除非有电视台决定重启电视剧集《陆军野战医院》[1]。这场战争的可怕还在于它在"二战"后没多久就发生了，"二战"本就够我们受的了，一些人竟然相信这世界不再会发生战争，事实证明他们是愚蠢的。

那是在"冷战"的鼎盛时期，处处弥漫着昏暗、丑陋、偏执的氛围。突然有人宣称，美国人向其敌人投下了受病菌感染的物料，还犯下了其他超越战争暴虐底线的暴行。一些人完全拒绝相信这种事；另一些人马上就相信了，甚至没有进一步求证。一些人陷入了暂失判断力的悲观沮丧状态，只能如此重复："在战争中，真相是第一个受害者。"麻烦在于，有什么东西缺失了。这缺失的，正是信息。我们彼时所缺失的信息，是关于洗脑技术的。

如今我回望过往，对一件一直以来并未打击到我的事情深感惊讶，那便是原来当代存在许多洗脑案例，比如在20世纪30年代的苏联和捷克斯洛伐克盛行的"摆样子公审"（show trial），人们会招认一些莫名其妙的罪行。如果你带着目的去仔细审视人类审判和猎

1　《陆军野战医院》（*M. A. S. H.*），美国电视剧，由1970年的同名电影改编而来，共11季，从1972年播放到1982年，其剧情围绕朝鲜战争期间的两名美国军医展开，用黑色喜剧的夸张笑料借古讽今。

杀女巫的历史，会发现女性在没有遭受酷刑的情况下认罪。然而，我们对事物的理解似乎从未发生某种飞跃；我们无法将事情按一定的顺序排列，使其合乎常理。一方面，那些美国士兵承认犯下各种暴行，另一方面，我们无法相信美国政府会下令让他们这么做，即便每个人估计都会怀疑，所有政府在战争期间都会这么做。但我们仍然无法按常理来理解这些事实，因为我们对事物的理解没有发生飞跃。

发生在我头脑中的这场理解飞跃，正是社会变革中的最强大力量：美国政府命令其公务人员去调查洗脑技术，而从洗脑技术的定义来看美国政府有时也使用这种技术，这在当时的公共氛围中就显现出对更伟大的客观性的追求。

人们通常在毫无察觉和务实的情况下被洗脑技术利用。

我们所有人，在某种程度上都被我们所生活的社会所洗脑。当我们去往另一个国家时才可能察觉这一点，也才可能站在他者的角度回看我们自己的国家。对此我们找不到解决方法，只能记住这个事实。我们每一个人都是大型自我安慰幻象的一部分，而某些部分的幻象正是每个社会用以保全社会自信的工具。这些幻象很难探究，我们至多企望来自异域他乡的善良朋友能提醒我们以不带感情的眼光看待自己的文化。

尽管这些大型的半清醒的或者完全无意识的进程难以考察，但在一个较小的语境中研究洗脑和驯化还是容易的，因为二者从未间断。拿不断扩张的宗教崇拜和教派来举个例子。

据我们目前所了解，洗脑有三大核心，或曰三个过程。首先是紧张—放松，此招见于比如与囚犯的谈判，审讯者要么严厉，要么温柔——前一秒还是个暴虐的狂徒，后一秒就成了友善的朋友。其次是重复——不断重复地叙说或歌颂同样的事情。最后一点是使用口号——将复杂的意识缩减成简单的几个字、一句话。这三点一直都在被政府、军队、政党、宗教团体和教派使用，从未断绝。我在前面说过，推测这些方法在多大程度上被无意识地使用是一件有趣的事情，但现在对我们的论述更有用的是记住这样一种区别：军士长用这些方法来磨砺新兵，这与一些世故的操纵者使用这些方法是不一样的，前者只是在重复他们那一类人一直在做的事情，而后者完全明白自己在做什么。

在一所离这儿不到 1000 英里的大学里——童话常常这样开头——有一个研究者发现他可以让一个忠实信徒——比方说，一个笃信天主教的科学家，不过什么信徒都一样——或者一个坚信"世界是平的"或"世界会在下一个闰年的黑色星期五迎来末日"的人转变信仰，首先把这个人变成基督复临安息日会[1] 信徒，然后变成斯大林式的共产主义者，又变成自由主义者，再是女性主义者，最后是一个强硬的无神论者。当所有变化都完成，而且是在短短数日内就完成，这个人是一个女性主义者、一个斯大林主义者、一个坚定的资本主义者，他或她完全、绝对、最终就是这样一个人，甚至准备为了自己的信仰而牺牲。然而，当这个不幸的人经历了这一切变化后，他或她再次回到之前的信仰，比如相信世界会在黑色星期五毁灭。他或她认同无神论者、资本主义者等身份的短暂时期，如今被视作不过是研究者一方的奇思妙想，而他或她现在的信念，无论是什么，才是真理：任何不相信世界会在黑

1　基督复临安息日会，一个世界性的宣教教会，其教徒遵守星期六为安息日，盼望耶稣快来，以耶稣为中心，以《圣经》为信仰的基础，强调耶稣在十字架上的赎罪牺牲，在天上圣所中的服务，不久将回来接他的子民。

色星期五毁灭的人怎么也得是只迷途羔羊，更可能是个骗子、恶魔，在道德上令人厌恶，是个被嫌弃的人。

　　几乎每个人听到这场社会研究的这一部分时都会做出这样的自然反应，默默地或者大声地断言："当然我永远不会像那个蠢人一样屈服，我不会受到影响。"而且，无论他们是大声地、默默地还是直接嚷嚷，我们都还能听到他们的话中之话，"因为我的信念是正确的"。但是不，哎，对我们所有人叹声气吧，我们每一个人都有可能屈服，除非我们患上了精神分裂症。我们越是正常，就越可能被转变。但我们可以这样自我安慰：洗脑通常都不是永久性的。我们或许被洗脑了——被有意识或无意识的操纵者，或者被我们自己（这一点并非不常见）——但洗脑程度总会被慢慢削弱。

　　与此同时，我刚刚描述的实验对一些人而言，就像是漫漫长夜后迎来的黎明。宗教时代的结束近在眼前——你会以为整个世界都会在希望与解脱中呼喊。很快，很快我们就能把宗教时代以及那个时代的战争、苦难和对其他宗教信仰者的迫害抛在脑后，很快我们就会获得自由，就像所有哲人和圣贤所推崇的那样，我们的生活将从暴力和狂热承诺中解脱出来，转而对我们自身和我们的生活生发出智识上的质疑，生活在平静的、尝试性的、不带偏见的好奇探索状态中。什么？我们所有人都会过上这样的生活？每一个人？包括那些怀着各种匪夷所思的想法的登徒浪子？所有人，所有人都会说"宗教时代结束了，我们每个人都放下'只有我们或者只有我才是正确的'这种让人高兴和舒服的想法吧"？

好吧，我们对一个黄金时代的欲求是根深蒂固的……上面的描述就是我心中的一个版本。先不开玩笑，我想说的是，即便只有一小部分人能冷静地进行自我剖析，这对整个世界来说也是件新鲜事。

如果你想小规模地、一点一点地调查洗脑，可以考虑加入很可能是在无意识的情况下使用这些洗脑技术的派别。当然，你得冒着成为他们的受害者的风险。你以为自己会抱着这样的态度："这是一个调查这种令人着迷的社会过程的多好机会啊。"但其实你会发现自己在哭喊："终于啊，我找到了真理！我本冷血地决定调查的这群人，却是真理的拥有者，他们是我真正的家人。他们想让我成为家庭的一员，我会的，因为我明白这个家庭之外的人都拥有堕落的灵魂，他们心怀不轨，他们不了解，他们是渣滓、垃圾，但不管怎样，我现在一点都不想去考虑这些人了。我需要自己的新家庭，因为这个世界肮脏可怕，是个无止境地挣扎和斗争的斗兽场，是个正邪之间、善恶之间（或者共产主义者与资本主义者之间）的战场，而我和我的新朋友们将站在善的一边抗争到底。对待我自己之前的家人和朋友绝不能心慈手软，因为我首先要对这个新家庭负责，它是我唯一的家庭，大家都很照顾我，理解我，这是我之前的家庭无法做到的。而且，我需要怀抱一颗忠心和一种纯粹的态度，因为有太多敌人想要摧毁我的新团体、我的盟友们，我必须准备好为了自己心中所信而奋力厮杀，甚至杀人也在所不惜。有失才有得，而有一天我们终究会拥有一个完美、健全、高尚、自由的世界，但只有我们——我和我的新家庭，以及那些信任我们的人——才能创建这样一个世界。"

如果你还没有向这种洗脑技术屈服——许多人不自觉地屈从于这种过程，我也是其中一员——如果你觉得这种境况是有些危险的，那好吧，我们很容易就能在政府，当然还有广告商的工作中看到这些过程。

比方说，你可以打开电视，看看广告……

　　或者我们来聊聊马岛战争？我们不带偏见地讨论试试，甭管我是赞成这场战争还是反对。我的朋友们曾惊呼，这场战争最可怕的地方在于让他们亲眼看着我们国家突然退回到他们所谓的陈旧的沙文主义和简单的爱国主义中去。这些东西为什么过时了？打个比方，任何一个国家都能退回到人们围着营火击鼓舞蹈、挥舞战斧的状态，只要有领导懂得运用恰当的修辞，战争就一触即发。于是我不禁好奇，如果我们能如此轻易地调动起一个国家的原始本性，只要遵从领导的选择即可，那么那些愿意以一个国家更高级的本性为基础做出决定的领导人又在哪里呢？他们是谁？

　　当撒切尔夫人参与竞选、谋求连任时，她雇用了盛世长城广告公司（Saatchi & Saatchi）来操作她的竞选过程，这是一家大型广告企业。这些人使用了书本里的每一个伎俩，从恰到好处地使用能轻易调动情绪的语句，到撒切尔夫人穿的裙子的颜色以及她身后的窗帘的颜色，再到演讲时恰当的进出口安排以及媒体的运用。与此同时，她的竞争对手——傲慢的社会主义者——就鄙视这些小伎俩，还有媒体。我们能准确看到撒切尔夫人的竞选是如何以一种十分机智聪明的电视节目录制方式编排出来的。当我用"我们"这个词时，我指的是这个国家中收看了竞选过程的一小部分人，不过如果有选择我也许会支持强制大家观看这个过程。

我们现在已然抵达了这样一个阶段：政治领袖不仅能熟练地运用由来已久、蛊惑人心的诡计，可参见莎士比亚的《裘力斯·恺撒》（*Julius Caesar*）；还能雇用专家来让这诡计更有效率。但在一个开放社会，还是存在对抗的可能性的，那便是我们也能审视这些被用在我们身上的诡计，如果，我们选择去审视它们，而不是换台去看电视剧《朱门恩怨》（*Dallas*）或者其他什么类似的节目。

我想说的是，我们所得到的关于自身的信息——无论是作为个体、团体，还是作为群众、群氓——被专家们有意地乃至深思熟虑地利用了，当今世界的几乎每一个政府都会雇用专家来操控其人民。我们越来越能够观察到政府在把研究成果转化为洗脑技术，前提是我们愿意去观察，我们决定不做洗脑技术的受害者。

　　与此同时，那些喜欢自称正义大军、乐善好施者的人，鄙视这些洗脑方式。我不是说他们应该使用这些方式，而是他们甚至会拒绝研究这些方式，于是把自己放在了任人鱼肉的境地。我做了次实验，试着跟我那些参与了我们这个时代诸多怀抱善意的运动的朋友，聊了聊洗脑这个话题，他们参与的是比如绿色和平组织、各种各样的社会主义运动、反核战运动，他们是各种公民自由权利的倡导者，比如争取囚犯的权利、废除死刑等。在谈及这个话题时，他们每一个人从情感上来看都是非常明确的——不喜欢也不信任，似乎他们觉得，就好像在观察一种可以预测的事物那样不带感情地观察人类的行为、观察我们的行为，在某种程度上是反动的、非自由主义的或不民主的。

　　我们的反对者可没这样的顾虑。

　　当然，如果你是那种将自身定义为真善美之代表的群体中的一员，并对此志得意满——比如觉得反对自己的人都是邪恶的——那你自然很难超脱，很难迈出那走向客观性的必要一步。

　　但我有时还是觉得，撒切尔最后一场竞选真的是把一切洗脑技术都集合起来了：她就站在那儿，她的每一个姿势、每一次进场、每一次退场、每一个微笑、每一句评论，都是按照极其复杂的社会性预测来编排的；然而她的对手迈克尔·富特[1]却当着一些报道记者的面狠狠地关上了火车上的一扇窗子。

我们看到印度的拉吉夫·甘地（Rajiv Gandhi）在他的一个朋友——一位拥有数百万粉丝的电影明星——的帮助下赢得选举。在美国，一个电影明星正坐在总统宝座上，据说他是 20 世纪最受欢迎的总统。当听到人们谈论为何里根能如此成功时，我就觉得特别不真实，因为他们绝口不提人们之所以投票给里根，很可能是因为他在那时就已经被电影票房给选出来了。

政府靠演艺业撑起来……好吧，每个威权政府都明白这一点。想想希特勒治下的大型游行吧，数百万人被迫陷入歇斯底里的状态，或者想想苏联的大规模军事游行，用漂亮的孩子、姑娘、舞蹈、花儿、歌唱来装点……人们怀着恐惧与担忧并肩同行。

我们新的骇人技术是与新的心理学信息相伴而

1　迈克尔·富特（Michael Foot, 1913—2010），英国工党政治家，1980—1983年出任英国工党党魁。

来的。

有时技术会带来无法预测的结果。我曾阅读过一份资料，它记录的是那些即将上前线作战的士兵是如何被故意暴露在暴虐行为中，以使他们逐渐失去将其不得不攻击、审讯的人视作人类的能力。这是一个受约束的、需要技巧的过程，训练者完全清楚他们所做的事情，清楚如何慢慢地掌控局面，一步一步地，直到他们可以在毫无情感波动的状态下折磨或屠杀别人。

针对这种训练，近期许多国家都爆发了抗议，但我确信以这种方式训练的士兵并没有减少，而人们对它的争论会日渐消弭。但令人震惊的是：技术，准确地说即电视、电影技术，以完全相同的过程将我们暴露在各种各样的暴虐行为中，以使我们丧失对暴虐的感知。我们以一种随机和难以预料的方式失去了我们对事物的感知。

埃塞俄比亚饥荒的照片曾激起了许多国家的人民的同情心。但世界其他角落的受害者的照片就不一定能让我们做出什么反应了。不久之前，我们得知在尼日利亚，一大群人即将被公开施以绞刑，但实际上全世界都没有对此做出反应。有些人还记得，"二战"过后不久，为了平息曾被德国人抢劫、掠夺和屠杀过的俄罗斯公民的怒火，苏联决定公开对一些德国战犯施以绞刑，当时全世界都表现出震惊与不安的情绪。我们对此深感震惊，尽管我们经历过五年的恐怖时期：我们曾风餐露宿、惊慌失措，但彼时的恐惧并未多到让我们无法再对事物做出反应。我怀疑，这事放在现在还会不会有人抗议；我们已经变得迟钝，我们已经变得没有反应。夜复一夜，日复一日，年复一年，我们看着恐惧席卷这个世界，我们已经变得和那些士兵一模一样，面对暴虐从容不迫，不再做出反应。没人编排我们，让我们变得残忍和无情，但我们渐渐向残忍和无情靠近。

这不是某些见利忘义的专业操纵者故意使用心理学知识导致的结果，而是我们的技术带来的一个几乎偶然的后果。

我想，如果未来有人对这些事情感兴趣，他会不会发出这样的疑问：导致全世界对埃塞俄比亚大发善心，但对苏联入侵阿富汗导致的当地灾荒和苦难熟视无睹的，到底是什么？巴基斯坦和伊朗存在超过 500

万的难民，达到两国总人口的1/3。在阿富汗，粮食被汽油弹炸毁、燃烧殆尽，村庄被毁，孩童被藏在玩具里的炸弹炸成残废。人们将某些地区发生的灾难直接描述为蓄意的种族屠杀，约100万平民被杀害。当我在写饥荒时，那里就有人死去，但并没有大型公共宣讲提及此事。彼时阿富汗存在一个苏联傀儡政府，而埃塞俄比亚的人民也处在苏联傀儡政府的统治之下，但这个世界的善心并未对阿富汗的受害者们打开，而是对埃塞俄比亚打开了。这十几二十年间，西非草原诸国的人民一直为灾荒所困，但最后的扳机始终未被扣响，其他地方的人也并没对这里表现出慷慨与热情，直到最近。但为什么一直都没有呢？至少，这是一个有趣的问题……

然而，一定会有人觉得问这样一个问题是铁石心肠的，至少是不好的。

在我看来，我们越来越受大众情绪的浪潮所控，只要这股浪潮一日不结束，我们就无法提出冷峻而严肃的问题。一个想要提问的人只能简单地闭上嘴巴，慢慢等待，万事成蹉跎……但同时，这些冷峻、严肃的问题及其冷峻、严肃、不偏不倚的答案能救我们的命。

　　我如今已走过六十六载，回顾我这一生，我看到的是一系列大型群众事件、情绪的舞动、狂热的党派热情连绵起伏，当这些事情不断上演时，我们是不可能进行思考的，"这些标语，或者这些控诉、这些要求、这些宣言，很快又会变得对所有人来说都是一种无聊乃至羞耻的东西"。同时，我们不可能把这想法表达出来。

　　我是由于第一次世界大战才出生的[1]，这场战争令我的童年蒙上阴影。在这场战争中，民族情绪是原始而粗鄙的，这种情绪很愚蠢，以至于现今的年轻人会发出质问："他们怎么能相信那种事情呢？他们到底为什么打仗？"

　　接下来的第二次世界大战则给我的成长蒙上阴影，我的两次婚姻正是这场战争的结果[2]，而这场战争是由夸夸其谈、胡言乱语的疯子发动的。

1　莱辛的父亲阿尔弗雷德在"一战"中因伤失去一条腿，在医院与护理他的护士艾米莉结缘，艾米莉就是莱辛的母亲，所以莱辛说她的出生是因为"一战"。可参见她的回忆录《阿尔弗雷德和艾米莉》（*Alfred and Emily*）。
2　1937年，莱辛搬到津巴布韦首都索尔兹伯里，找到了一份电话接线员的工作，不久后她就与弗兰克·怀斯顿（Frank Wisdom）结婚，1943年两人离婚；之后莱辛加入了一个名为左翼读书会的组织，并在那里遇到了自己的第二任丈夫，戈特弗雷德·莱辛（Gottfried Lessing），两人不久后就结婚，这段婚姻只维持了4年。

共产主义在俄国发展到危险的程度，充斥着谋杀与毁灭。那场革命的剧烈的政党热情曾一度传播到每一个角落，以至于人们根本无法进行思考。对于世界上的某些人来说，现在仍然是没法思考的。

中国曾在革命中走到危险的境地，之后在“文化大革命”中再次陷入危机。当这些巨大的社会旋涡、社会地震或者火山喷发尚在进程中时，牵连其中的人是无法理智思考，无法提出问题或者抗议的。

一个接一个的大众运动，包含一整套的大众观点：支持与反对战争，反对核战，支持与反对技术。而且每一套观点都支撑起某个思维框架——暴力的、情绪化的、党派间的，这些思维框架总是压制那些无法与之匹配的事实真相，它们说谎，使冷静、平和、理智的低调讨论不再可能，而在我看来，后者才是唯一能产生真理的讨论方式。

尽管如此，当躁动与剧变持续，另一种革命也在平行展开：这是一场安静的革命，以对我们自身、我们的行为、我们的能力做出清醒而准确的观察为基础。在一千多所高校和实验室，或者在人为创造的研究环境中，我们已经搜集了大量信息，只要我们愿意使用这些信息，就能利用它们改变我们生活的这个世界。但做到这一点，意味着要有意识地迈出走向客观性的那一步并且远离情感主义，意味着我们需要有意识地选择以一种外星来客的视角来看待自身。

做到这一点还意味着，选择笑（我希望这听起来不会太夸张）……洗脑和驯化方面的研究者发现，那些懂得如何笑的人更明白怎么反抗。拿土耳其人举个例子……那些笑着面对酷刑折磨的士兵有时比那些沉默的士兵更容易活下来。狂热的人不会嘲笑自己，因为笑本身被视为异端挑衅，除非这种笑是出于残酷目的而发出的，比如大声对反对者和敌人发出笑声。执拗的人不会笑，真正的信徒也不会笑，他们认为的笑只是讽刺性漫画嘲讽某些反对者或反对意见的那种笑。独裁者和暴君也不会嘲笑自己，更无法忍受别人对他们的嘲笑。

笑声是一种十分强大的力量，而且只有文明的、无拘束的、自由的人才会对自己发出笑声。

当伊朗国王还坐在王位上时，伊朗的一个村庄里发生了这样一个故事。某个安静的、规规矩矩的、通情达理的村民给他最喜爱的猫取了个名字叫万沙之沙

（Shah-in-Shah），这个名号历来是波斯先王中的伟大者喜欢使用的称号，意即万王之王。一个村庄警察得知了这个消息，向秘密警察告发了这个可怜的人，村民被扔进了监狱，杳无音讯。彼时许多人面临这样的命运，现在在霍梅尼的治下依旧如此……我曾经向伊朗的旧体制的支持者们提到这个故事，然而得到的反馈是，他们认为这个故事是荒谬的，国王本人恐怕也会这样想。啊，我们在反抗一项甚至连制定者都完全不重视的社会律法啊，他们制定好我们的律法，然后往后一靠，心满意足，觉得这律法真是公正，这社会真是良善。事实是：政府、国务部门、内阁，或者任何政府里其他什么机构或部门里的那些身居高位者，从来不了解底层在发生什么。关于这种场景的证据，每天都在上演，遍布世界所有国家。某个小市民，被欺辱，受到不当的管理，受到不公对待，但他无法相信自己听到的是某个伟大的男人或女人，也就是领袖，宣称在他或她的治下是不会发生这种违背常理的事情的，因为他或她无法忍受这种事情的发生。我们有多长时间没坐下来在电视机或收音机上欣赏这精彩的一幕幕了。"不，当然不会，*我的*警察不会在监狱里殴打无助者，遑论构陷无辜者；当然，*我*的官员也不会欺辱无助者，遑论收受贿赂；当然，你所说的这种可怕、骇人的不公正遭遇是不会发生的。"但这事情就是发生了，它明明就发生了。正如我上面所说，这种言论就是由于居高位者根本就不了解下面发生了什么。有时候，我们不得不恶意忖度，他们就是不想去了解吧……无论如何，这些底层民众无法与整个体制抗衡，这更坐实了底层民众会被恶意对待，在我生活过、旅行过、从书里读到过的每一个国家，都是如此。我们不能对此做些什么吗？好吧，没有，我们什么都不能做，除非我们能达到这样一个临界点：明白在没有防护措施的情形下，事实*就是*这样，也一直会是这样。

古代的某些国家设有监察机构，直接由彼时握有实权的君主设立。当时还有一些政府官员的工作就是扮作普通民众到处游走，以此监督地方官员的行为。如果他们察觉某个官员过于愚钝，过于暴戾，或者欺压百姓、处事不公，那他就会被罢免。每个地方的官员都无法确定今天站在他面前的无助百姓是不是中央政府派来的伪装的探子。由是，官员会更谨慎地行事，公务标准也就能保持在一个高水平上。

　　一个被人议论的行政部门只有在以冷静的态度看待自身，判断自身的情况，并愿意对症下药时，才会引入提升自身行政水平的策略。

　　我们完全可以采取相同的行动。

群体意识

生活在西方的人，生活在我们称为西方社会或者自由世界的人，也许以不同的方式接受教育，但他们都会对自身心怀同一种观念，那便是：我是一名自由社会的公民，这意味着我是一个个体，能做出个人的决定。我的思想是我自己的，我的意见也是由自己选择而来，我想做什么就可以去做，最不济的情况也只是有经济压力，也就是我可能太穷了而无法支撑自己的理想。

　　这一套思维也许听上去有些像讽刺性漫画，但其实它离我们对自身的感知并不遥远。这是一段我们尚不愿自觉接受的描写，但它已经成为影响我们对自身的认知的社会氛围和一系列假说的一部分。

　　可见，生活在西方的人很可能一辈子都没有想过要去分析这幅谄媚的图景，由此在面对林林总总的压力时，他们无所适从，不能以不同的方式来排解。

　　事实上，我们都生活在群体之中——家庭，工作群，社会、政治或宗教团体。绝少有人会真的以离群索居为乐，或者愿意被邻居看到自己古怪、自私或更差的一面。大多数人无法忍受长时间的孤独，他们总是在寻找可以归属的群体，而且如果一个群体解散了，他们就会去找另一个。我们仍是群体性动物，这没什么问题。真正危险的不是对群体的归属感或者群体本身，而是对掌控着群体与我们的社会律法毫无了解。

当我们身处群体之中，我们倾向于以群体的思维来思考问题：我们甚至会为了寻找"志同道合"者去加入某个群体。但我们也会发现自己加入群体后想法会发生改变。这世界最难的事莫过于作为一个群体的一员同时保持自己的个人异见。

有一件事我认为我们都经历过，就是我们觉得某些事情是理所当然的，从未仔细思考过它们。但心理学家和社会学家在这个论题上做过大量实验。如果我现在描述一两个这种实验，那听众里的社会学家或心理学家一定会抱怨："哦，上帝啊，别又说一遍啊。"——因为这种经典实验他们已经不知道听过多少遍了。我猜余下的人可能听都没听过这些实验，没人会跟他们提起这些理念。如果我猜得没错，那这种猜测恰好印证了我的论点，也是我这些演讲的主旨，即我们（人类）掌握了大量关于自身的"硬信息"，但我们并没有运用这些信息来改善我们的体制，以及我们的生活。

关于这个话题的一个典型测试，或曰实验，是这样的：研究者取得一群人的信任，少数一两个人被留在黑暗处。某些情形下会给他们提供一些测量或评估任务，比如比较两段长短稍有不同的木头的长度，或者比较几乎拥有相同尺寸的物品之形状，这些物体之间的差异很小，但足以被感知到。根据实验的指示，群体中的多数人会顽固地坚称，那两段木头是一样长的，那两个物品拥有同样的形状；而单独隔离的那一两个人没有收到这样的指示，他们会坚称两段木头或者其他什么东西是不同的。然而，多数人一方会坚持颠倒黑白，少数人一方在经历了一个愤怒，不理智，乃至发脾气，终至茫然的过程后，会站到多数人的队伍中去。不是每一次都会这样，但几乎如此。当然存在极优秀的个人主义者，他们顽强地坚持将自己所见之事实说出来，但大多数人放弃了，拥抱多数人一方的观点，向整体氛围投降。

当事情以如此恶劣和不讨人喜欢的方式呈现时，人们的反应通常是不敢相信："我就绝不会放弃，我会说出自己心中想的……"但是你真的会吗？

那些经历过许多群体的人，也许对自身的行为有过观察，他们会同意这世上最难的事莫过于以个人之力对抗集体，对抗一个由同侪构成的集体。许多人也会同意，在我们最羞耻的记忆中，有一个就是：当三人成虎时，我们也会跟着颠倒黑白。

换句话说，我们清楚这是人类行为中真实的一面，但我们怎么能确定呢？以一种模糊的、令人不适的方式承认它是一回事（这可能包括我们希望再也没有人被置于这样一种测试情境中），但迈出走向客观性的冷静一步又是另外一回事，迈出这一步，我们才会说："好吧，如果人类就是这样的，包括我自己，那我们就大方承认吧，并就此审视和组织我们的态度。"

服从于集体这种体制，不只意味着对一个小团体，或者对一个被严格管控的群体比如宗教或政党的服从与投诚。它还意味着顺从那些巨大的、模糊不清的、定义不明的人群，这些人甚至都不认为自己受群体思维的影响，因为他们意识到了不同观点的存在——但对于外来者，对于从其他文化背景过来的人而言，这些观点的差异似乎并不大。掌控这个群体的潜在假说与主张从未被人们讨论，遑论被人挑战，甚至可能都没被人留意。一种主流观点完全就是这样一种群体思维，它极度抗拒改变，由各种可怕的假说武装起来，不留任何讨论的余地。

由于我的领域是文学，我就在这个领域找到了许多佐证。我住在伦敦，说得委婉一点，那儿的文学团体不会把自身想作一种群体思维，但我认为它就是一种群体思维。少量机制被认为是理所当然的，不断沿用，不断出现。举个例子，有种机制叫"十年法则"，说的是通常一位作家过世后，他或她的作品会被冷落，或者被遗忘，但之后关注度又会回升。在我们模糊不清的思考中，这种情形是有可能发生的，但这种机制是有用的吗？事情必然如此？另一个引人注意的机制是一位作家可能在公众面前失宠多年——他或她仍然在世，但几乎得不到关注——然后突然就被留意和赞扬了。比如简·里斯(Jean Rhys)，她常年住在乡下。里斯从未被人提起，就好像早就过世了一样，许多人也确实以为她过世了。她其实非常渴求陪伴与帮助，但多年未遂愿。之后，多亏了一个慧眼识珠的出版商帮忙，里斯完成了《藻海无边》(*Wide Sargasso Sea*)，这本小说迅速赢得了公众的注意。然而重点是，她之前所有的作品，那些未曾被人留意、未受敬重的作品，突然就被人记住和颂扬了。在里斯被忽略的那段时间里，为何没人颂扬这些作品？好吧，因为集体思维就是这样运作的，亦即"猴子学样"，人们会同时说出一模一样的话。

人们当然可以说这不就是"这世界运行的方式"嘛。然而非得如此吗？如果非得如此，那至少我们知道自己该期待什么，如何理解，然后坦然接受。如果这是一个众所周知的体制的话，也许受众会更容易变得勇敢起来，不再像待宰羔羊。

人们一定要如此害怕群体压力吗？人们真的没有察觉自己不过是在重复别人说过的话？

人们可以观察一个想法或意见，甚至一个词语，是如何突然涌现，在一百篇评论、批评、对话中不断重复，然后消失殆尽的。但同时，每一个华丽地重复了这个意见或词语的个体，都是那股党同冲动的受害者，这股冲动从未被分析，甚至未被冲动者自身所审视，即便局外人能轻易识破。

当记者前往异国采访时，这便是他们凭靠的机制了。他们明白，自己只要采访某个族类、某个群体、某个阶层的少数几个样本就足够了，这两三个公民足以代表其他所有人，因为在任何一个给定的时间段里，任何一个群体、阶层、族类的人都会用相同的语言，谈论一样的东西。

我以简·萨默斯（Jane Somers）作为笔名的经历能说明以上的论述以及其他许多观点。可惜的是我并没有很多时间来把这个故事讲完整，故事大概是这样的：我以简·萨默斯为笔名写作了两本书，把它们投给了出版商，弄得像是个不知名作者的投稿。我这样做纯粹出于好奇，也是为了让出版体制的某些方面，还有掌控评论的那些体制，凸显出来，还有掌控评论的那些体制。首先，《好邻居日记》（*The Diary of a Good Neighbour*）被我的两家主要出版商退稿。最终它被第三家出版商以及三家欧洲的出版商接纳。我故意将书稿寄到所有自称是我作品的研究专家的人手上，他们都没有认出该书稿出自我手。最终，它就像大多数新小说那样，被简单地、居高临下地评点，除了留下少数几封粉丝来信之外，就此消失。简·萨默斯没有收到任何一封从英国和美国寄来的粉丝邮件，少数几个知道内情的人都十分惊讶竟然无人识破。之后我又写了一本，叫作"岁月无情"（*If the Old Could...*），还是无人识破。不断有人跟我说："怎么会没人发现呢？如果是我，立马就能发现。"好吧，也许吧。又或者我们都比自己所以为的更依赖名牌标签和外在包装。就在我要说出真相之前，一个美国记者问我觉得接下来会发生什么。我回答说英国文学界的当权派会生气，评论这两本书一无是处，其他人会觉得挺高兴。而事情正是照着这条路走下去的。我从那些喜欢这个玩笑的作家和读者那儿拿到了许多表扬信——也有一些腐臭和刻薄的评论。然而，在法国和斯堪的纳维亚国家，这两本书是以"《简·萨默斯日记》，多丽丝·莱辛著"的形式出版的，就简·萨默斯这两本书来说，我在其他地方从没得到过像在法国和斯堪的纳维亚那么多的好评价。当然，人们可以下结论说法国和斯堪的纳维亚的评论家不像英国的评论家那么有品位！

　　这是一件大快人心的事情，但余下的只有我对我所在的这一领域感受到的悲凉与窘迫。难道每一件事情都非得这么容易预料？人们难道一定要成为待宰的羔羊？

　　当然，这世上还是有独一无二的头脑的，这些人照自己的性子活着，不愿为了与其他人说一样的话、做一样的事而委屈自己。但他们始终是少数，很少。我们所有的体制——不只是我从自己的经历出发所列举的文学领域——的健康与活力，正是依托在他们身上的。

人们留意到，人口中仅有 10% 的人，是我们所称的天生领袖，这些人以自身的思考为基准做出决定与选择。人们在一定程度上已经将这一事实与管理监狱、集中营、战犯营的规章指示混合在一起：除掉 10% 的人，你的囚犯就能变得懦弱和顺从。

当然，说到这里我们落入精英主义的窠臼，它似乎是不合时宜的，在广泛的政治乃至教育领域，这一观念非常不讨喜。一些人可能天生就比其他人更为优秀，这种观念颇受人抵制。但之后我还会回到精英主义这个话题。同时，我们或许留意到了，我们所有人都仰仗并尊敬这样一种观念——孤寂的个人主义者反叛让人顺从的体制。这是某种原型式的美国电影中不断重复的主题——比如，《史密斯先生到华盛顿》（*Mr. Smith Goes to Washington*）。

对某位作家或某部作品所怀抱的某种态度，可能会被所有人共享，每个人都说一样的东西，不管是颂扬还是批评，直到舆论急转，而这又可能是一些范围更大的社会转变的一部分。我们可以拿女性运动来举个例子。有一家名叫维拉戈（Virago）[1] 的充满活力与勇气的出版社，全由女性员工运转。她们会重新评估那些被人忽视或未受重视的女性作家。但有时，这种转变也是因为某人站出来反对主流意见，并且有人选择站在他或她这一边，然后新的态度才变得流行。

当然，这种机制一直以来都为出版商所用。当一个新作家的作品、一本新小说要发行时，出版商会找一位有名的作家来写推荐语。因为某个"名字"说这本书很棒，文学编辑就会注意到，书就会顺利发行。以自身的视角来看这个机制的冰山一角似乎更容易些：假设一个人尊敬的某人说某个东西很好，但这个人并不这样认为，这时候已经比较难提出异议了；如果许多人说这个东西很好，那相应地，提出异议就更难了。

曾几何时，当一整套的大众态度转变成另一套时，我们很容易能看到这种"两头押宝"的机制。一位评论家会写一篇能够平衡各方言论的文章。这种轻描淡

---

1 Virago, 意为"泼妇"。

写、世故、温文尔雅的调调通常都是这样的。当人们在讨论一些拿不准的话题时，这种调调经常出现在收音机和电视里。举个例子，在人类成功登月之前没几年，皇家天文学家就放言，当时人们普遍认为人类登月是不可能的。正是这种轻描淡写、可笑而充满鄙夷的语调将话题与演讲者分离开来——他或她向听众、观众发表演讲，想着自己是在同一群猪脑子说话，后者相信人类可以登月，尼斯湖或尚普兰湖里有水怪，或者别的什么——但是用自己那狭隘的可能性填满这场演讲。

一旦我们学会了审视这种运行中的机制，我们就能看到生活几乎完全处于它的控制之中。几乎所有来自外部的压力都源自群体信念、群体需求、民族需求、爱国主义和对忠诚于本地（比如你居住的城市或者各种各样的本地团体）的要求。但更狡猾、需求更旺——也更危险——的压力是来自内部的，这是一种你应该顺从的需求，而这正是最难观测与控制的。

许多年前我访问了苏联，正好是在他们的文学审查比较严厉的时期。我们约见的一群作家说，国家对他们的作品进行审查是毫无必要的，因为他们自己已

经发展出了所谓的"自我审查"。他们以自豪的态度
说出这一点，着实吓坏了我们这些西方人。我们惊讶
的是，他们在心理学和社会学知识方面竟如此与世隔
绝，所以才会如此天真地看待这件事情。这种"自我
审查"就是心理学家所说的将外在压力"内在化"——
像是一种保护措施——但最终你本所不齿与不喜的态
度会变成你自己的态度。

这种事情整天都在发生，而受害者本身却通常不
自知。

心理学家和社会学家们还做过其他实验，这些实
验让我们能够看清我们俗称的"人性"到底是一种怎
样的经验。这些实验是新近完成的，完成时间就在最
近的二三十年里。在同一脉络的实验中，有一些是极
具开创性的、关键的，它们让后续实验成为可能——
就好像我在前面说的，这些实验对专业人士来说太过
熟悉，而大多数人却从未了解。

其中一个有名的实验叫米尔格兰姆实验（Milgram
experiment）。我选择这个实验就是因为它在过去和
现在都受到争议并被反复辩论，因为心理学领域内的
专家都对它唉声叹气。即便如此，大多数普通人从未

听说过这个实验。如果人们了解这个实验，熟悉它背后蕴藏的观念，那我们确实迈出了很大一步。米尔格兰姆实验是由人们对这样一种状况的好奇而引发出来的：像你我这般普通、正直、友善的人在接收到相应命令时，会做出令人厌恶的事情——比如，接受纳粹领导的诸多军官在受审时都找借口宣称他们不过是"听从命令"。

研究者将随机选中的人放到一个房间里，这些人被告知他们在参与一项实验。一个屏幕将房间隔成两半，两边的人可以听到另一边的声音，但看不到对方的情况。在其中一半的空间里，志愿者坐着，椅子用电线连接到一台机器，这台机器会发出电击，其程度会逐渐累加到致死的临界点，就好像电椅一样。这台机器暗示了坐在椅子上的人应该如何回应电击——开始是哼哼，然后是呻吟，再是尖叫，再来便是恳求终止实验。在另一半空间的人会相信这个人是直接与机器相连的，他的工作就是依照实验人员的指示，不断调高电击的强度，并忽略从屏幕另一边传来的带着痛苦的呼喊和恳求。实验对象中62%的人持续调整电击的强度，一直调到450伏特的水平。通常电击水平达到 285 伏特时，豚鼠会发出极度痛苦的声音然后死去。那些调整电击强度的人明白这么大的电击量会带来极大痛苦，他们承受了巨大压力，但还是继续升高电击强度。试验结束后，大多数人都不愿相信自己会做出这种行为。一些人说："好吧，我只是在执行指示。"

这个实验与许多其他同类型的实验一起，提供给了我们这样的信息：人群中的大多数人，无论他们的肤色是黑是白，无论他们是男是女、是年轻还是衰老、是富贵还是贫穷，都会按命令行事，不管这命令是多么野蛮和残忍。这种对权威的服从，简而言之，不是纳粹统治下的德国人专有之物，而是普遍的人类行为中的一部分。那些在极度紧张不安的时代参与政治运动的人，那些记得自己在高中时是什么样子的人，无论如何都会明白这一点……装着这般沉重的知识是一回事，你对它半知半觉，也许还为此感到羞耻，盼着它在自己不经意间消失逃逸；大方、冷静而理智地说"对，在这种或那种情况下，我们能指望的就是这种结果"，又是另一回事了。

我们能想象这样的知识被放到学校里教导，被教给孩子吗？"如果你身处这样或那样的情境中，自己又不留心注意，在接到命令的时候，很可能会发现自己表现得像个畜生或野蛮人。留意这些情境吧。为了保护自己，你必须远离自己最本能的反应和直觉。"

　　另一系列的实验则与学校里的孩子如何提高学习质量有关。一些实验结果与我们目前最珍视的假设相违背，比如，孩子们并不是在"感兴趣"和"受刺激"的时候才学得最好，而是在厌烦的时候。先不管这一点，人们普遍认为，当老师对孩子有期许的时候孩子会学得最好，如果老师对孩子没有期许，孩子通常会学得糟糕。现在我们知道，在男女混合班级中，大多数老师会在无意识中花更多时间在男孩身上，而花在女孩身上的时间较少，他们对男孩的期许更高，由是一贯轻视女孩。在混合班级，白人老师（又是无意识地）会抹黑非白人小孩，对他们的期许较低，在他们身上花费较少的时间。这些事实我们都知道——但我们把这些事实揉进哪里的制度中了吗？它们在哪所学校被运用？有哪个村镇的人会对他们学校的老师说："作为一个老师，你必须明白这一点，关注是你最强有力的教学手段之一。关注——这个词语意味着我们给予某种程度的尊重，对某人施以无微不至的关注——是那个能培育和滋养你的学生的东西。"(当然，关于这一点，我已经能听到人们的回答了："如果你班里有30个学生，你又能怎么办呢？你能给每个人分多少关注？")是的我明白，但如果事实就是如此，如果关注就是这么重要，那在某种程度上那些给学校分拨钱款的人就必须把这一点放在心上：如果孩子得到关注，他们会健康成长，会实现老师对他们的期待。就是这么简单。所以我们必须为教育者提供足够的资金支持，让他们能够给予学生更多的关注……

还有一系列在美国频繁进行的实验，据我所知，加拿大也在做。举其中一个例子，一队医生想办法扮成一所精神病院的病人，而医院里的员工不知晓实情。当他们一表现出精神病患者会表现的症状，并在人们所描述的典型的精神有缺陷者会展现出的行为范围内开始表演，医院里所有的医生都说他们患病了，并依照他们的行为所显示的病症将其分到各种各样的病患类别中，无一例外。精神病医生和护士都没能看出这些所谓有病的人其实非常正常，而医院里的其他病人看出来了。病人们拒绝让实验者融入群体，他们看到了真相。在耗费了巨大的精力后，这些正常人才使医院员工相信他们并未患病，由此才被准许离开医院。

再来一个例子：一群普通公民和研究者想办法让自己进了监狱，其中一些人成了普通的囚犯，另一些人则成了狱警。所有人立马就开始按各自的角色行事：那些成了狱警的人表现得好像他们是真的狱警，居高临下，虐待囚犯；成了囚犯的人则表现出典型的囚犯行为，他们变得偏执、多疑，诸如此类。实验结束后，那些扮演狱警角色的人忏悔说，他们控制自己不去享受监狱里的那种权力，享受那种控制弱小者的感觉。而那些所谓的囚犯则无法相信，他们被释放以后，会觉得自己好像真的犯过罪一样。

你能想象这种事情被放到学校里教给学生吗？

让我们就想象一会儿……但只要这一会儿，问题的症结就立马显露出来。

想象我们对孩子说："在过去50年左右的时间里，人类开始习得关于自身机制的许多信息；它是如何运转的，在某种特定情境下它一定会如何运转。如果想要用上这些信息，你必须沉着地、冷静地、不动感情地运用这些规则。这些信息能把人们从盲目的忠诚，对口号、修辞、领袖、集体情感的顺服中解放出来。

好了，就是这样。"

这世上任何地方的哪个政府会愿意让它的民众学会如何把自己从行政修辞和国家压力中解放出来？激昂的忠诚和对群体压力的服从，是每一个国家所倚仗的东西。当然，某些国家更甚。霍梅尼治下的伊朗，以及极端的伊斯兰教派，处于这个谱系的一端。像挪威这样的国家——它的国庆日是由一群身穿漂亮衣服、手捧鲜花、唱唱跳跳的孩子来庆祝的，没有出现坦克或枪——则处于谱系的另一端。这样来做一个猜测是有趣的：哪个国家、哪个民族，在什么时候、什么地方，会开始教导它们的孩子成为反抗修辞、审视既存体制的人？我能想到的答案只有一个——在诞生初期的美国，在签署《独立宣言》的那个令人兴奋的时期，或许还包括之后的一小段时期。但绝不会延续到南北内战，因为一旦开始打仗，国家就无法再负担得起对自身行为的公正审视。当战争开始，国家会变得疯狂——而且为了存留下来，不得不变得疯狂。当我回望"二战"，我看到了当初自己只是依稀留有印象的一些东西。那就是每个人都疯了，即便那些没走入战场的人也是如此。我不是在说屠杀和毁灭的"才能"，这是士兵所接受的训练中的一部分，我要说的是一种氛围、一个隐形的牢狱，它无处不在。而后，各地的人开始表现得好像他们从未经历和平。事后我们回望，对此感到惊讶。我真的做过这等事？我真的相信过这等鬼话？我真的被那种宣传伎俩蛊惑？我真的认为我们所有的敌人都是恶魔，我们自己国家的所有行为都是正义的？我是怎么日复一日、月复一月地忍受这种思想状态的——不断受到刺激，不断被鞭策进情绪的海洋，而我的大脑仅仅发出无声的、绝望的反抗？

不，我无法想象任何一个国家会教导其公民成为一个能对抗群体压力的个体，即便有也无法持续多久。

也没有任何一个政党会这么做。我认识的许多人是不同类别的社会主义者，我尝试与他们讨论这个话题，我说："现在的政府会雇用社会心理学家、群体或群氓行为研究专家来做自己的顾问。选举是精心布置的，公共事件会依据大众心理学的规则被呈现出来。军队会利用这种信息。审讯者、秘密特务和警察也会利用这种信息。但据我所知，那些声称代表人民的政党和团体并没有讨论过这些事情。

"一方面，政府会利用专业知识和技能来操纵人民，另一方面，人们谈论民主、自由、解放和其他价值的方式是好像光谈论这些价值、频繁重复这些价值，就能创造和维持它们。那些所谓的民主运动为什么不好好教导它们的参与者大众心理学、群体心理学的规则呢？"

当我提出这个问题，得到的总是让人不适的、勉强的回答，就好像这个话题真是个没品位的、令人不快的、牛头不对马嘴的话题，就好像如果我们忽略这个话题，它就会自动消失一样。

所以此刻，如果我们看看周遭的世界，会发现悖论就在于，这种心理学的新信息正在被政府、教授和权力的持有者热切地研究，并付诸实践；但那些声称自己反对暴政的人却完全不想去了解这些信息。

社会变革实验室

生活在这样一个似乎日渐恐怖的世界，有时我们很难看到什么好的、有希望的东西。光听新闻就足够让你认为自己活在一个疯人院了。

但是等等……我们都清楚，呈现在我们面前的新闻都是为了将效果最大化，也就是说，至少糟糕的新闻会比好新闻更能激发我们的行动——而这也是人类境况的一个有趣注脚。糟糕的新闻日复一日呈现在我们面前，甚至是最糟糕的新闻，我认为我们的意识正越来越被设定成有着不祥预感和萎靡不振的态度。但有没有可能所有呈现出来的糟糕事物——我都不需要把它们列出来，因为我们知道是些什么——其实是一道拖曳的暗流，是一种对我们未曾察觉的前进的人类社会变革的反应？也许吧，回望过去，比如近一两个世纪，人们可能会这样说吗？——"那是一个人们为了争夺至高权力而走向极端的时代。人类的意识迅速朝着自觉、自制的方向发展，但一如以往，一如以往之必然，猛烈的推进唤起了它的反面——愚蠢、残忍、蒙昧思想的力量。"我觉得这是可能的，我觉得这就是正在发生的事情。

让我们来看一件特别鼓舞人心的事。在过去 20

年左右的时间里，少数独裁暴政国家转变成了民主国家，其中就有希腊、葡萄牙、西班牙、巴西和阿根廷。它们中的一些目前并不稳定——民主一直是不稳定的，而且必须靠斗争获得。但那些受单一思想、简单头脑和毫无用处的思想体系支配的国家选择了尝试更复杂、选择更多的民主平衡政体。

为了不只看到这充满希望的事实，我们必须再说一个悲观的。许多年轻人在长到可以参与政治运动的年纪，采取了一种与我们这代人相似的立场或态度。也就是他们认为民主不过是欺骗与假装，不过是剥削所戴的面具，他们想要跟民主划清界限。我们几乎已经达致这样一个临界点：如果某人说自己珍视民主，那这个人就会被宣布为一个反动分子。我认为，这种态度会成为未来的历史学家最感兴趣的态度之一。实则，这些栽培出这种反民主态度的年轻人从未经历过民主的相反面：那些生活在暴政之下的人，向往民主。

我不是不明白这种态度——我太理解了，我自己就是从这条路上走过来的。民主、解放、公正以及其他——这些价值塞满了一个人的喉咙，但突然你看到自己周遭充满了骇人的不公正，你吼叫："伪善！"发生在我身上的例子是南罗得西亚，在那里民主只是供给白人少数群体的，黑人多数群体没有任何权利。但当人们处于这样一种思考状态时，就会忘记无论民主多么不完美，它仍然提供了革新与变化的可能性。民主提供了选择的自由。从历史上来看，这种选择自由是全新的观念。个体应该拥有权利，公民可以批评政府，我觉得我们开始忘记这些观念到底有多新了。

那到底有多新呢？这种概念到底是在什么时候第一次降临人类社群？说到这里，有人就会开始唠叨古希腊了，别忘了那是一个奴隶制国家，而且仅给少量男性公民提供特定的、极少的自由。由于讨论时间的缘故，我可以说我们关于自由，关于个体权利的概念诞生在英国光荣革命、法国大革命和美国独立战争中。它当然是很晚近的观念，非常脆弱，非常不稳定。

个人有权享有法治——为什么？三四个世纪之前，你说这种话时别人都不明白你是什么意思。如今这种观念却强大到能把强权和暴政打倒在地。

一种观念开始在人们心中扎根，那就是存在一种文明政府，而且人们对何为文明政府是有统一的看法的。要不然阿根廷的公民怎么会统一意见，以邪恶、残酷、不当的施政行为为理由控告他们那已经倒台的政府？这对我来说是最特殊、最鼓舞人心的事——这种事情竟然可能发生，它向所有人证明了世人心中存在一个关于政府应该是怎样的观念。在这之前，有过公民想以施政行为不当为由控告政府的例子吗？我不是历史学家，但在我看来，对于这个世界来说，这是一个全新的东西。

尽管如此，我想我们也看到了一些自视为民主国家的国家，失掉了对民主的信心，因为我们活在一个过度简化的思想意识极其猖獗的时代，我说的是伊斯兰原教旨主义等等。可怜的经济状况滋养了独裁暴政。

但是好观念不会消失，尽管它们可能被淹没一阵子。

举个例子。我前面一直在谈被称为"软科学"的东西，也就是社会心理学、社会人类学以及其他的学科，谈到它们对我们将自身认知为社会动物所做出的贡献，以及这些晚近的科学是如何被诋毁、被资助，被打压。我们都知道，英国的公共资金正在减少，大学院系正在关门，各种各样的研究被迫中断。这种类型的学科深受影响，它们通常是第一个被中断的——然而我刚刚读到，在许多大学里，研究社会心理学、社会科学和其他相似学科的院系的紧张状况正得到缓解，因为他们对工业发展有所助益。也就是说，它们在人们认可的方面证明了自身的价值。

还有另一个让人充满希望的事情，不是现在，而是未来。我们已经忘了共产主义本脱胎于人们对人人都能获得公正对待的古老梦想。这是一场强有力的梦，也是一个引导社会变革的强大引擎。不能因为现状，就否认真正的公正理念无法获得新生。

同时，这世界没有哪个国家的结构不是由特权阶层和贫苦大众构成的。握有权力的精英总是存在的，没有财富也没有任何政治力量的人民大众也是存在的。

在更沮丧的时候，我的确会对共产主义苏联仅用了几代人的时间就发展出一个强大的精英阶层感到焦虑，他们这个精英阶层与世界其他地方的精英阶层在财富和特权方面别无二致。一些非洲新兴国家也是如此。但如果就目前来说，这是某种无法避免的过程，所有的社会都会制造出拥有特权的精英，那么至少我们应该承认这一点，并且在这一结构中尽可能灵活地做出改变。

无论是在无产阶级专政、由共产党领导的国家，抑或是按理说能为每一个人谋福祉的民主国家的政党，这世上没有哪个对此提出反对的团体或党派不把自己也视作精英。

精英、特权阶层、受教育群体……这似乎就是目前这个世界正在上演的节目；至少，在任何一个地方，其他的东西都被遮蔽了。

这世上有各种各样的精英，有倒行逆施、毫无用处的，只会成为社会改革的阻碍；另有一些，我认为是具有创造性的。如果我说我认为精英、特别阶层通常是有用处的，我会被认为是一个保守主义者，但这取决于你如何定义精英：像我在前面说的，如果你管无产阶级的先锋队叫精英，那就不一样了，不是吗？或者，如果我说我认为核心小组、压力集团是毫无价值的，因为它们没能把社会从沉睡与自我陶醉中拉回来，这也差不多了吧——不，值得怀疑的是**精英**这个词。行了吧，我们该把精英这个词抛弃：我们生活在一个人们会因为一个字、一句话就被屠戮的时代啊……

有这么一种社会进程，它为人所知、显而易见，但也许并没有到众所周知的地步。当一个新想法被少数人接受时，大多数人会大喊叛徒、垃圾、疯子、共

产主义者、资本主义者，或任何一个在那个社会值得
被用上的谩骂词汇。少数人逐步发展了这个想法，起
初可能是秘密或者半公开地进行的，然后越来越为人
所知，有越来越多人支持，直到……你猜怎么着？这
种具有煽动性的、不可能实现的、执迷不悟的想法突
然变成所谓的"被接受的意见"，开始被大多数人喜
爱与重视。当然，与此同时在其他地方还会有新的想
法冒出来，继续煽动，继续相同的进程，继续被少数
人培育和锤炼。假设我们依照现实的目的，重新定义
精英这个词，将它等同于任何一群为了任何目的而拥
抱某些想法并就此让自己走在了大多数人前面的人？

　　当你们到了我这个年纪——从某种程度上说，我
注定要说这样的话，你们会同意的——你们最能取悦
自己的消遣方式之一，就是看着这一进程连续不断地
重复上演。所有人都会认为这是一种取悦自己的方式，
除了一小部分深思熟虑的年轻人，因为这些年轻人仍
旧能够轻易地相信永恒。什么！他们珍惜的那些美妙
想法注定要被扫进垃圾堆？当然不！

　　但是假设我们中的足够多的人相信这就是一个持
续运行的进程——甚至在那些将新思想宣布为非法的社

会，比如共产主义国家——"今日之背叛成就明日之正统"就一定会实现。如此一来，我们难道不会变得比现在更有效率，比现在少一些艰难与残暴，更愿意做出改变？我认为会的，而且我认为终有一天，这一点会和社会的其他机制一样被使用，而不是被抵制与忽略。到时只有那些从不阅读历史的人，才会忽略这一点。

　　这不禁让我想到我们这个时代另一个显著的现象，那就是现在的年轻人都对历史不感兴趣了。在英国最近的一次调查中，年轻人被问及他们认为最有用的研究学科是什么，调查结果中历史学的占比非常低：仅有 7% 的人认为历史学是有价值的。我认为造成这个现象的一个原因是心理学上的，这很明显能看出来，也很容易理解，特别是如果你也曾年轻过的话。如果你自认为是"年轻人"，从定义上看又是个右派的进步分子或革命分子或其他什么（作为年轻人，与愚蠢又保守的老年人对抗），那你最不想做的恐怕就是回望历史了，因为在历史中你会知道年轻人怀抱这种想法是从未断绝过的，是某种永恒的社会进程的一部分。你将自己视作荣耀的、崭新的、令人惊异的存在，觉得自己的思想是新奇的，甚至是以前没有过的，即便不是自己独创的，也至少是从朋友或尊敬的领导那里借鉴来的，觉得自己是一种新的、无污点的生命，注定要改变这个世界，所以你不会想去阅读任何会动摇这种想法的东西。如果我听起来像是在嘲笑，其实我只是在嘲笑年轻时的自己——但重点正在于此。

我认为"历史不值一读"这样的态度，会打击那些以相当惊人的速度追赶我们的人。

毕竟，自法国大革命（一些人会说是自克伦威尔时期的乌托邦和社会主义团体）以来，我们所见证的一切，已然累积成了一个不同种类的社会主义、不同种类的社会的实验室。从希特勒治下的十三年战争时期（自称为国家社会主义时期），到英国的工党政府；从俄罗斯的共产主义政权，到古巴、埃塞俄比亚、索马里以及其他许多国家。你会认为那些一心想要创造新的社会类型的人都会把注意力落到这些真实发生过的例子上，为了从这些例子上研究和学习到什么。

我再重复一次：回望过去这两个半世纪的一条路径是，将之视作一个社会变革实验室。但是为了从中学到教训，人们需要对其保持一定的距离，有所区隔；

我认为，正是这种区隔让我们的社会良知向前迈进了一大步。在沸腾的骚乱或党派热情中，一个人是永远学不到任何东西的。

我以为，我们不应该以现在常用的方式来教导孩子们历史，亦即教导他们将历史视为过去事件的记录，而他们出于某些原因应该了解这些事件。我们应该教导他们将历史视作一个故事，在这个故事中他们不仅能学到曾经发生的事，也能预测未来可能，甚至很可能会发生什么。

文学与历史是人类知识中的两大分支，它们记录了人类的行为与思想，但如今越来越不受年轻人，甚至教育者的重视。但从这两者中，我们能学会如何成为一个公民，如何成为一个人。我们还能学会用冷静、沉着、批判性和怀疑性的态度来审视我们自己和我们生活的这个社会，这是我们作为文明人唯一可能表现出来的态度，古往今来的哲人圣贤皆如此称道。

然而所有的压力都往另一条路上走去了——学习就是要学即时有用的东西，要学实用性的东西。人们越来越要求的是，为在技术领域的一个几乎完全暂时性的阶段起到作用而接受教育，他们要求短期教育。

　　我们必须再次审视**有用**这个词语。从长期来说，无论在何种语境下，有用的东西是那些留存、复苏进而兴盛的东西。似乎在现阶段，世界的精英阶层所受到的教育是关于如何有效地使用我们的最新技术，但从长远来看，我认为那些以过去被称为人文主义的观念——长期的、全面的、思考性的观念——为受教育内容的人，会被证明更有效率。单单是因为他们更加明白这个世界正在发生什么。并不是我看低新技术，正相反，只是因为这些精英所了解的必需品其实是暂时性的。

　　在我的思考中，这个世界的推进、延伸与发展是朝着更复杂、更多样、更开放的方向进行的，它允许一个人同时拥有许多想法，有时甚至是截然相反的想法。

　　我们可以看看，当一个社会坚持正统、单一思想和口号式的思考时，它必须为此付出何种代价：苏联是一个沉默的、错位的、低效的、野蛮的社会，因为它所坚持的那种类型的社会主义将思想的多样性视为非法。"生活本身"——套用共产主义者们喜欢使用的词语——向我们展示了，当社会就这么让自己在呆板的思维模式中僵化时会发生什么。（戈尔巴乔夫正

试图补救。）我们可以观察，中国人——一直以来被
认为是聪明而务实的民族——正试图改变自己；我们
还可以观察，基要主义伊斯兰文明所创造的社会由于
缺乏多样性，会立马显现出自身的缺陷，被其他更多
样化、更开放的社会甩在身后。

从长期来看，我认为人类会朝着民主而多元的社
会前进。我知道，当我们此刻环视周围的世界，我的
这个想法看起来似乎太过乐观，特别是当我们看到关
于人类如何行事、如何运转的新信息被政府、警察部
门、军队和秘密特务——所有目的在于削弱和控制个
体的部门——极富技巧地、自私地利用。

但我坚信的是，从长期来看，永远是个体在确定
社会的基调，提供给社会真正的发展。

当世界各地的个体正被大众思维、群众运动，以
及小规模的团体性运动击倒、侮辱和淹没时，要重视
个体的力量并非一件易事。

对于年轻人更难的是，面对着障碍物般的难以逾
越的墙，如何还能对自身改变事物的能力怀抱信心，
如何还能让自己的个人观点完好无损。我还清楚记得，
在自己十几二十岁的时候，只会看到似乎无坚不摧的

思想或信仰体系——政府似乎是不可动摇的。但那些政府，比如南罗得西亚的白人政府最后怎么样了呢？那些强大的信仰体系，比如纳粹、意大利法西斯或斯大林主义又怎么样了呢？还有大英帝国……实际上所有的欧洲帝国，甚至离我们不久的强大帝国，它们怎么样了呢？它们全部消失了，而且是在如此短暂的时间里。

回望过去，我不再看到那些巨大的集体、国家、运动、体系、信念、信仰，只看到个体，我年轻时会看重这些个体，但并不以为他们能改变任何事情。回望过去，我看到个体可以施予多么大的影响，即便是不见经传、深居简出的个体。正是个体改变了社会，个体孕育了思想，个体奋起反抗大众意志，并改变了它。在封闭社会如是，在开放社会亦如是，当然在封闭的社会伤亡率会更高。我所经历的每一件事都教导我尊重个体，尊重那个耕耘和存续自己的思考方式、起身反抗集体思维和集体压力的人，或者那个给予群体必要的安慰、私下存续个体思维和发展的人。

我完全不是在谈论古怪的人，英国人一直对这种人的存在感到大惊小怪。不过我的确认为只有在一个僵化和顺服的社会，才会产生"古怪的人"这个概念。古怪的人倾向于喜欢不同于别人的图景，而一旦走上了这条路，就会变得越来越古怪，纯粹因为古怪本身而成了古怪的人。不，我谈论的是那些关心这个世界正在发生什么的人，那些尝试吸收我们的历史、我们的行为与运转中的信息的人——那些将人类视为一个整体的人。

我相信，一个智能的、高瞻远瞩的社会应该尽全力培养这样的个体，而不是像经常出现的情况那样，打压他们。但是如果政府，如果文化不鼓励个体价值的生产，那么个体和群体可以也应该鼓励。

我们回到精英这个概念，在这个语境下谈及它，我可以接受。我们无法期望一个政府对孩子说："你们会生活在一个充斥着宗教类和政治类群众运动、大众意识和大众文化的世界。每时每刻你们都会被淹没在批量生产和反刍的意识与观点里，这些意识与观点的真正活力来自群氓、口号与模式化思维。你的一生都会受到压力从而参与群众运动，而如果你胆敢反抗，那你每天都会受到来自各种各样的群体的压力，通常来自最亲密的朋友，以使你顺从他们。

"在你人生中的许多时候，你会觉得没有必要坚持对抗这些压力，你会觉得自己没那么坚强。

"但是你会受到教导：如何审视这些大众意识，如何审视这些显然无法抗拒的压力，如何为自己思考，为自己做出选择。

"你会被教导阅读历史，也会学到那些短命的意识是什么样的，以及那些最无力抗拒和极具说服力的意识可以也一定会在短时间内消失。你会被教导阅读文学，这是一门研究人性的学科，也会去理解世界人民及各民族的发展。文学是人类学的分支，也是历史学的分支；而且我们会确保你学会如何从人类的长期记忆角度来评判某种观念。因为文学和历史都是人类记忆的分支，它们记录记忆。

"这些研究将被加入那些信息的新分支，即心理学、社会心理学、社会学以及其他新学科，由此你就能理解自己的行为，以及群体的行为；终其一生，这群体都会既是你的安慰，又是你的敌人，既是你的支撑，也是你最大的诱惑，因为对你的朋友说"不"，是痛苦的——你可是群体性动物啊。

"你会被教导无论在外部你不得不表现得多么顺

从——因为你即将生活于其中的这个世界通常会以处死的方式对待不顺从者——也应该保存自身内部的独立，保存你自己的判断、你自己的思想……"

　　不会，我们无法期望目前世界上任何一个国家或政府在推行的课程中讲述这些话语。但家长可以谈论和教授这些东西，学校当然也可以。受到国家通行教育或者私立教育夹击，并且还存留着完整的批判性思维并希望在既定的教育内容之外有所突破的年轻人群体，可以教导自己和别人这些话语。

　　这样的人，这样的个体，会成为极具生产性的发酵剂，拥有大量这样个体的社会是幸运的。

　　我们生活在一个开放社会。我们以此为傲，这是没问题的。一个开放社会的显著特征是，政府不会对其公民隐瞒信息，政府必须允许思想观念的传播。我们拥有这一切，却太想当然了；我们曾经珍惜的价值，已不再受人关注。数代先烈为思想自由而战，我们才有了如今的一切。我们只需要与住在铁幕背后的人交流一番，就会记起自己是多么幸运，即便我们的社会仍存在不少问题；特别是与从苏联来的人交流，因为在那里，思想无法传播，信息被压制，处处弥漫闭塞、恐怖、压抑的氛围。

我们是幸运的，因为如果我们觉得学校教育有缺陷，我们还能按照自己的意愿来教导，而且可以伸手去触及任何我们觉得有价值的思想观念。

我认为，我们应该比目前更多地利用这些自由。

为了搜寻例子来佐证我对独立意识、打破规矩者能影响历史事件的信念，我偶然发现了公元前1400年登上王位统治埃及的法老埃赫那吞（Akhnaton）。彼时埃及的国家宗教是阴郁暗淡、受死亡掌控的，存在不可胜数的神祇、半动物和半人类。埃赫那吞不喜欢这种信仰，所以他摆脱了阴郁、压抑的祭司，以及那些同样阴郁的半动物神祇，取而代之的是一种令人愉悦的宗教，以爱为基调，崇拜唯一的神。埃赫那吞的统治仅持续了数年，他被人赶下王位；旧的信仰和旧的祭司体系卷土重来。后来者如果提及埃赫那吞，会把他称作异教分子或者大叛徒，按照今天的说法，他成了一个无足轻重的小人物。他从历史中消失了，直到19世纪才重新被人发现。从那时起，埃赫那吞就对各式各样的人产生了特殊的影响。弗洛伊德认为，摩西正是从被压制的阿吞信仰，即埃赫那吞创作的信仰中学习到了一神论的观念。更近一些，托马斯·曼把这位埃赫那吞放进了自己那本伟大的小说《约瑟夫和他的兄弟们》（*Joseph and His Brethren*）。最近菲利普·格拉斯（Philip Glass）要写一部关于他的歌剧。他究竟是个怎样的人？这位 3500 年前居于统治地位的法老，以令人惊叹的能力点亮了我们的想象之光。我们对他所知甚少，只知道他推翻了一整套的思想观念，并强加一套崭新的，也更简洁的观念。一个孤单的、勇敢的个体，向一个大型的祭司机器以及国家发起挑战；一个人，建立了一套关于爱与光明的信仰，来抵抗关于死亡的信仰……

很可能当埃赫那吞还是个孩子的时候，他也问过自己，为了对抗这种丑陋、沉重、强大、压抑的统治，连同它那些祭司和令人惊恐的神祇，一个人能做些什么呢？——又何必尝试呢？

当我说到要好好利用我们的自由，我不是说仅仅加入游行队伍、政党，或者其他种种，这些东西不过是民主进程的一部分；而是说要检验种种思想观念，无论它们来自何处，看看它们能在多大程度上对我们的生活和我们居住的社会产生帮助。

未经省察的共产主义精神状态遗产

这篇演讲最早是在 1992 年 4 月一个名为"中东欧的知识分子与社会变革"的会议上发表的，该会议由罗格斯大学和《党派评论》（*Partisan Review*）主办。

我认为来自东欧和中欧的人会对我将要说的东西感到熟悉，因为我将作为一个东欧人说出下面的话语。我将主要说六点，当然，每一点都过分简单化了。这六点共同说明了这样一个事实，那就是我们已经明显见证了东欧共产主义的死亡，但在共产主义中诞生或被共产主义所加强的思维方式仍在掌控我们的生活。

第一点是语言。东欧共产主义贬低语言以及随语言而来的思想，这是老生常谈了。一句简单的话语背后隐藏着共产主义者可以辨识出来的黑话。很少有人没在自己年轻时拿具体步骤、矛盾分析、对立统一以及其他说法开过玩笑。我第一次见识到这些抑制思想的口号强大到可以张开翅膀飞离它们的策源地是在 20 世纪 50 年代，当我在《时代》杂志上读到一位领袖这样使用它们："上周日的游行示威无可争议地表明了目前的具体问题是……"曾经只为左派所用的词语，已经传播开来，得到一般性的使用，随着这些词语而来的是思想。在保守派和自由派媒体上阅读这些文章的人很可能是马克思主义者，而这些文章的作者却并不了解。

东欧共产主义精神状态遗产的一个方面很难为人所知。即便在五六年前，《消息报》（*Izvestia*）《真理报》（*Pravda*）以及一千来份其他的共产主义报纸还在使用那种看上去故意铺满整个版面，但其实什么都没说的语言——当然，这是因为这些报社的职位并不牢固，无须冒着位子不保的风险说些什么。如今，所有这些报纸都重新发现了语言的功用。但死气沉沉和空无一物的语言遗产目前还是能在一些学术领域内找到，特别是在社会学、心理学和一些文学批评中。

最近，我的一位从南也门来的朋友在做出许多牺牲后，终于存够了钱，他所使用的每一分钱都花在了通往"卓越"的道路上，他到英国学习社会学，这里的社会学教导的是如何传播让整个国家都黯淡无光的西方观念和专业知识。学费花了他 8000 英镑，这还是在 5 年前。我曾问他要研究资料来看看，他给了我一本厚厚的书，写得很差，而且是用丑陋而空洞的学术黑话写的，外人甚至很难看懂。这本书有好几百页，但它的中心思想可以很容易地用十页纸写出来。来自"落后"或封闭国家的学生就被教导用这样恶劣的语言进行写作。还有一次是在津巴布韦，我看到当地人通过这种迂腐的、空洞的黑话来学习英语。他们会相信这就是英语，相信这就是他们在用英语写作和说话时应该采用的方式。

是的，我当然明白学术界的暗淡并不是从此开始的，比如斯威夫特就曾这样告诉我们；但是这种迂腐与冗长在德国学术界是有其根源的。而如今它似乎变成一种霉菌，感染了整个世界。某人可能在一个卖学生课本的书店待了一上午的时间，却找不到什么新鲜有活力的书籍。如何阻止这自给自足的机器拖累我们的思想呢？有时我真的会把这种学术机制想象成由封闭的玻璃箱所形成的那种真空环境中永恒往复的机械装置。如何打破玻璃箱让空气进去？或许正是被死气沉沉的语言所封禁的那些观念本身，因为高校研究院系提出的这些观念其实是有用且充满洞见的。正如我在前面指出的，如果我们愿意的话，这样的研究院系所做的工作足以转变我们的社会。它们会告诉我们作为动物的人类究竟是如何行动的，而不是我们认为自己是如何行动的，但这些洞见的首次问世往往是用一般人看不懂的语言写下的。这是我们这个时代的悖论之一。

第二点与第一点有关。那些影响我们行为的思想意识完全可以用简单的语句，甚至几个词语就能解释清楚。所有的作家在接受采访时都会被问到这个问题："你觉得一个作家是否应该……？"问题总是与政治立场有关。留意这句话背后的假设，那就是所有的作家都应该做一样的事情，不管那件事是什么。这样的问题背后有一段很长的历史，我们先不走远，就追溯到19世纪的俄国吧，当时有许多伟大的批评家：别林斯基、杜勃罗留波夫、车尔尼雪夫斯基等。他们想要作家思虑社会问题。如今所有我们称为"俄国文学黄金一代"的伟大作家，彼时都不得不忍受这个视角的批评，有些批评的要求非常高。昨天，唐纳德·范格尔[1]解释说，俄国小说自身就包含了社会学和社会批评的各个领域。但我的确相信，这是由于作家们真的相

1　唐纳德·范格尔（Donald Fanger），美国文学批评家，哈佛大学哈里·莱文文学荣休教授，专攻19、20世纪俄国、法国、英国文学。

似，而不是批评家们怎么说就怎么是。好比我们英国俗语有云："布丁好不好吃，只有吃了才知道。"在所有这些伟大作家的作品里，没有什么时候是突然来了沉闷的一击，作家觉得自己应该写某方面的东西才开始动笔。这些作家持续从一个比对他们的批评更久远的传统进行写作。如果一个作家完全基于个体经验来写作，那写出来的东西自然而然地也是在为他人发声。数千年来，讲故事的人理所当然地认为自己的经历应该是普适的，他们从未想过一个人可以与生活分离开，也没想过"住在象牙塔里"。我们将看到，这种讲故事的观念会终结仍在困扰一些地方大学文学系的永无止境的内容与形式之争。如果这些俄国作家从未宣称自己有基于个体意志而非集体意志进行写作的权利，我们今天就不可能纪念和阅读果戈理、托尔斯泰、陀思妥耶夫斯基、契诃夫、屠格涅夫，以及这灿烂银河中的其他伟大作家。

我们见证了这条公式，"作家必须书写社会不公"，在 1917 年掌权时，发生了什么。它成了社会主义现实主义（Socialist Realism）。谁要是不幸读了一大串这种东西——我在 20 世纪 50 年代就为一个共产主义出版社读了大量这些东西——就会明白社会主义现实主义所创作的小说是用一种我上面提到的那种死气沉沉的学术书的语言写成的。为什么会这样？作家们本能地知道写出死气沉沉的书的秘方就是写你应写的。这是因为在这种情况下你会写出自己思想意识中的不同领域。我绝不会忘记曾看过电视上一次记者与作家的交流。记者问道："在影响了你的作品的诸多人物里，你觉得海德格尔是不是最重要的一个？"

作家回答道："你不明白。当你描述一个场景时，比如说在早餐桌旁，你必须知道你的主人公吃的是什么。培根还是鸡蛋？或是松饼？这是个微寒的清晨吗？还是有阳光？有落叶燃烧的气味吗？他昨晚有没有和妻子同床？他妻子爱他吗？他穿什么颜色的衬衣？他的狗是不是正等着投喂？你必须知道这一切，即便它不出现在你的描述里，因为正是这些东西让场景栩栩如生。"

"哦，我明白，那你认为自己是一个现实主义者？"

这两人就不该见面。他们说不上话是因为两人在用思维的不同部分进行交流。一个是批评式的，另一个是整体性的，后一种思维可能是从腹腔神经丛里发出来的。这是两条平行线：作家说的是"父辈认为的美好快乐"，借用霍普金斯[1]的话来说；批评家话语里充斥的精神则和弥漫于社会主义现实主义中的一模一样，而且我很确定共产主义的思维模式是以宗教为模型的，基督教以及犹太教辩证法。塞万提斯的生平让我们了解到他终其一生都被宗教审判扼住了喉咙。"一个作家应该……？作家是不是应该……？"这样的问题其实拥有很长的历史，提出这些问题的人都不见得了解。另一个例子是"担当"——这个词在不久之前非常流行。那谁谁是个有担当的作家吗？你是个有担当的作家吗？"对什么有担当？"作家或许会这么问。

　　"哦好吧，如果你都不知道，我不能告诉你。"提问者会发出这样的责难，颇有在道德上高人一等的口气。有担当的作者是在"提高意识"，这是一把双刃剑。那些真提高了意识的人会得到他们急需的东西，比如道义上的支持。但这个进程几乎总是意味着未成年人

1　杰拉尔德·曼利·霍普金斯 (Gerard Manley Hopkins, 1844—1889)，英国诗人，他在写作技巧上的变革影响了20世纪的很多诗人，其中比较出名的有W. H. 奥登、C. 戴·刘易斯和狄伦·托马斯。代表诗作有《茶隼》《上帝的伟大》等。

只能得到当权者认可的宣传式文学。增强意识，它和
有担当、讲政治正确如出一辙，都是"总路线"这个
老顽固的延续。

　　文学批评中有一种十分常见的思维方式，它没
被视为共产主义的遗产，但它的确是。每个作家都
有这样的经历，他或她被告知一本小说、一个故事，
一定是"关于"某个事情或什么的。我写了个故事，《第
五个孩子》(*The Fifth Child*)，它一出版就被分门别
类，是"关于"巴勒斯坦问题的，"关于"基因研究
的，"关于"女性主义的，"关于"排犹主义的，等等。
一个法国记者走到我的客厅，她还没来得及坐下就
说："当然，《第五个孩子》是关于艾滋病的。"我可
以跟你保证，这是社交终结者的聊天方式。但有趣
的是这种一定要对文学作品做出这般分析的思维习
惯。如果你说："要是我想写艾滋病或巴勒斯坦问题，
我干吗不写一本小专著。"你应该会得到一个为难的
眼神，因为这种想法对他们来说并不熟悉。一部虚
构作品必须要"真的"与某些问题相关，再说一次，
这种意识正是对社会主义现实主义的承袭，对声名

狼藉的日丹诺夫[1]的承袭。只是为了讲故事而写一个故事是不被认可的，这毫无价值，甚至可以说是反动的。一千多所高校的文学院系都怀抱这样的思维方式，然而讲故事的历史、文学的历史都告诉我们，从来没有哪个故事不是以某种方式描述人类的经验的。这种故事必须"关于"某个事情的要求，就是共产主义思维，而且再往前追，它是一种宗教思维，这种思维希望将所有的书本简单化为采样器上的信息。"巢中小鸟会同意的。""好孩子一定要这样，好孩子必须这样，按大人说的做，按大人教的做。"我在威尔士一家旅店的墙上看到了这些文字。

如果，举个例子，一个作家胆怯地评论："我的作品《永恒之泉》完全不是关于中东缺水问题的。"别人的回答会是，这个作家根本不明白他或她"真的"在写什么。关于政治正确，人们说了太多，而且还在继续，但我认为我们有必要明白，它们仍旧是受意识形态鼓动的"义务治安委员会"。当然，我并不是在说共产

1　安德烈·日丹诺夫（Andrei Zhdanov, 1896—1948），斯大林时期苏联主要领导人之一。1946年起，斯大林派日丹诺夫负责苏联文化政策的推动与制定，他上任后的首项举措是迫害苏联的异见文学家，之后还批判和整肃音乐家，他认为音乐家没有以社会主义"为人民服务"的理念进行创作。

主义的火把被交到了政治正确拥护者的手上。我是在说，思维习惯会在我们尚未察觉之时就被吸收。指导别人做事明显很有吸引力，我之所以用这么简单粗暴的方式而不是用学术话语把这件事情讲出来，是因为我觉得这种行为本身就是简单粗暴的、原始的。深藏在人的意识深处的，就是命令、控制、设定界限的需求。艺术，一般而言的艺术，总是难以预料、标新立异的，它们试图尽最大的努力让人觉得不舒服。特别是文学，激励着一批批委员会、一代代日丹诺夫和义务治安员来对其做出道德化的要求，乃至审查和迫害。令我困扰的是，政治正确拥护者们可能并不清楚他们的模范和先驱是哪些人；更令我困扰的是，也许他们知道，但压根就不在意。

政治正确有好的一面吗？有的，它让我们重新审视一些态度，这总归是有用的。麻烦在于，就好像在所有的群众运动中会发生的那样，一个极端主义者很快就看上去不那么极端了。本末倒置。在每一个想用政治正确来仔细审视我们的假设的人里，总有那么一些煽动者，他们的真正目的是控制他人。他们之所以将自己视为反种族主义者、女性主义者或别的什么，是因为这让他们看起来不那么像煽动者。

　　"不容异议"并不是政治正确发明出来的，它很明显是东欧共产主义的产物。如果说不容异议的思想——更别提专制统治——统治了东欧共产主义国家的高校，那么相同的思想态度也已经感染了西方，而且几乎成了高校的基调。我们都见识过。举个例子，我的一位教授朋友向我讲述，不断有学生缺席基因学课程，只为了参与对某位访问学者的抵制运动，因为后者在意识形态上跟他们不一样。这位学者曾邀请学生讨论他的研究，请他们看了一段录像，录像的内容的确有悖于学生们的意识形态。六七个年轻人穿着牛仔裤和 T 恤的统一制服走了进来，然后坐下；在学者试图与他们理论时，他们保持沉默，当录像在播放时，他们低下头，然后行动一致地离开。这些西方学生的行为其实就是闭塞思想的视觉化呈现，他们如果听到这样的评价可能会很震惊。

　　在英国的市镇委员会和学校委员会里，我们一次又一次看到校长或老师受团体或者"猎巫阴谋集团"的侵扰，后者使用的是肮脏有时甚至残忍的伎俩。他们宣称当事人是个种族主义者，或者在一定程度上是

个反动分子。一次又一次，当事人上诉到更高一级的
权力机构时，团体的伎俩才被认定是不公平的。这种
事情曾发生在我一位住在开普敦的朋友身上，狂热的
穆斯林和强硬的共产主义者联合将她除名。他们曾这
样对待过她的前任，毫无疑问他们现在正如此对待她
的继任者。当事人是白人。他们是种族主义者吗？不
是。是不太可能的合作伙伴？完全不是。我确信数以
百万计的人正在狂热地搜寻另一个教条，他们自己甚
至没有察觉。有些人已经找到了新家，那就是激进穆
斯林群体。

　　接下来的一点在表面上似乎与其他几点没有什么
联系，但我认为它是其他几点的基础。这就是强烈的
激动、愉悦之感，以及对持续强烈的刺激的搜寻。还
有什么比一个人在自己二十来岁时就成了真理的唯一
占有者更快乐的呢？——在这个年龄段，成千上万的
年轻人在为了所谓的人类进步而折磨和谋杀其他人。
革命政治、国务委员会、激进口号就是迷幻药。不久
之前我在西班牙遇到一个青年，他有着类似拜伦的气
质，他说自己最后悔的事就是 1968 年时因为年纪太小

而没能去巴黎。我问他为什么——那场革命[1]已经被证明是失败的。他很惊讶我会这么问。"那时一定很激动人心吧。"他回答道。拂晓之时，激情尚在。激情就是答案，它被打开，嗡嗡作响，抵达高潮，震颤，平息。这种思维模式被我们的一位政治评论员这样总结，他当时在谈论收效甚微的游行示威，他认为这些游行没有真正取得任何成果。他说："当今大量的左翼政治根本与目的无关，目的不是答案，手段才是。"

　　一定有成百上千的人，如今已经是中年且已跃居高位，但他们最鲜活的经历是 1968 年的那场风波。就好比战争之于士兵，1968 年是这些人生命的至高点。不，共产主义没有发明出游行、暴动、示威、请愿，甚至革命。这些东西早就充斥了整个 19 世纪，1848年不过是其中的冰山一角[2]，在这之前还有法国大革命，它是我们许多思维模式的伟大母亲。我们不能真的诘责让-雅克·卢梭。不是他发明了对感性和激情的崇拜，他只不过在著作中再现了这些仍然具有指导性的

1　指1968年"五月风暴"。
2　指1848年欧洲革命，这一系列革命波及范围之广，影响之大，可以说是欧洲历史上最大规模的革命运动。

思想。激动人心的思想意识总是能够横扫国家、民族，乃至世界。总会有人对这些意识欲罢不能。曾经，这些意识是宗教情感，我们最好能记住这一点。（事实上，在现在的一些地区，这些意识仍是宗教性的，而且传播得非常快。）但总的来说，我们的思维就是掌控我们行为的模式，而且我们并未审视它。

　　至少在没多久之前，人们还理所当然地认为，相比选票箱，革命是一件高尚得多的事。人们会理所当然地认为，一个严肃的年轻人应该待的地方是革命中的古巴或尼加拉瓜，跟持异见者待在一起，为底层社会民众的受难而呼喊，或者站在任何一个地方的警戒线上。我们见证了一拨接一拨的西方年轻人投身到新革命中的场景，去格但斯克[1]，或者捷克斯洛伐克，再或者柏林墙倒塌时的柏林——去那些释放着强烈的大众情感的地方。如果说某个特定阶层的年轻人中的一半是在前往加德满都的路上寻找激情的话，那么另一半就是在世界的某个角落里嗑革命的药。他们最不想做的事就是留在家里，为自己国家的正义事业而奋斗——光是谈论这件事都会让

_____
1　格但斯克，波兰城市。

他们无聊到打哈欠。一方面，对他们来说，自己的国家已经不值一哂。由此产生了这样一个悖论：像西欧各国这样的国家，在生活在东欧共产主义世界的人看来是难以企及的自由富足的天堂，却被西方年轻人看作无法忍受的地方，他们希望去世界其他地方寻找美好与真理。正是因为这种想要经历痛苦的、迫害性的、压抑的、连续不断的政治运动的未被察觉的需求，发明或扩大了西方国家的压抑。

这种现象曾被分析过，但我想知道究竟是什么心理机制让一个人需要诋毁自己的国家，去世界的其他地方寻找永恒天堂。我认为其中的一个原因是，左派——以及极左派——中很少有人真的遭受过来自其他国家的迫害。他们中的许多人身处幸福之中，却幻想自己身处牢狱，并靠着自己的坚韧与英雄气概承受了一切，幻想自己被审讯者折磨并以智取胜——自己能轻而易举地辨识出谁是好的审讯者，谁是坏的。然而，这些人根本就不会因为政治原因入狱，除非他们真能作死。在这些对革命的白日做梦式的幻想里，只有灾难、暴政、酷刑、监狱、汽车炸弹、塑胶炸弹和英雄式的磨难。我个人相信，这些想象出来的图景对折磨与压抑的持续不断负有责任，它们也是和平民主国家里普通的社会和政治努力无法吸引年轻人的原因。这些年轻人渴求更疯狂的音乐和革命酿出的更烈的酒。

我接下来要讲的这一点是上一点的进一步展开：许多人热爱暴力和杀戮。当然，暴力和杀戮一直存在，也将持续存在，但我认为在理想的状态下，它们能被缩减到极小的规模。我们两个世纪的革命史的一个结果就是，带来了被高尚目的所神圣化的暴力，也正是由于此，一些你从不认为会沾染杀戮和酷刑的人也会参与其中。在欧洲，这种类型的人被社会学家归类为"软心肠"——这些人憎恶死刑、鞭刑、糟糕的囚禁判决和底层民众的受难，他们持续煽动反对这些现象，通常会因为"正当理由"而接受恐怖行径。暴力的浪漫，是从法国大革命那个时代开始的，由俄国革命加强，它意味着左翼与自由派——好几百万人——精神分裂了。你可以从他们对爱尔兰共和军的那些刽子手和"红色旅"[1]在意大利犯下的谋杀罪行所表现出的宽

1　红色旅（Red Brigades），意大利极左翼恐怖组织，成立于1970年。该组织声称它的宗旨是对抗资产阶级，其最著名的行动之一是在1978年绑架并杀害了意大利时任总理阿尔多·莫罗（Aldo Moro）。

容，乃至崇拜中看出端倪。某个年龄段的意大利人几乎都拥有"红色旅"组织里的朋友，当时这是一件很时髦的事情。好几百个年轻人怀着最崇高的目的，支持出于政治原因的谋杀。参与"红色旅"的人大多数都不是吃不饱的穷人，当然，他们的共同点是背后的那场战争。我们应该承认这在意大利是一场险恶又丑陋的战争，尽管我们习惯忘记这一点，而且战争使所有人都变得野蛮。但这一切是"软心肠们"在梦想一个高尚、富足和没有腐败的未来啊。那些还留在该组织里的人成了毫无怜悯的、残忍的杀手，尽管大多数离开的人转变了自己的想法，成了良善公民，这些人曾经乃至现在仍在夸耀自己曾经的残忍。左派里的某些人至今还在为这种人辩护。为什么？再一次，我认为原因在于革命浪漫主义。

现在我要谈最后一点，但我略去了许多其他的我认为我们的思维受东欧共产主义影响的途径，这些途径我们甚至丝毫没有察觉到。我认为欧洲的左翼运动、社会运动，甚至解放运动被彻底损毁了，因为这些运动对进步的想象被苏联经验所俘获。俄国革命、苏维埃联盟，成了一种范式，无论是将其视为成功经验，

还是一次用以吸取教训、令我们自己做得更好的失败
经验。二三十年来，半个世纪以来，七十多年来，所
有"软心肠"的人所渴求的更好的事物都被苏联抢先
实现了。相伴而生的是谋杀、大屠杀、摆样子公审的
历史。这是一段失败的历史，而且我认为从长期来看
这是相当重要的。整个欧洲的"进步"运动的想象力
都受到苏联经验的奴役，这种经验实际上与欧洲毫无
关系。

我们很容易就能想象一个平行世界，想象一段欧
洲决定发展社会主义，甚至是一个公平社会，而不以
苏联为参照的历史。我认为，我们必须记住正是因为
苏联，我们甚至无法考虑在社会主义或共产主义意识
之外创造一个公平社会。我们完全不用以苏联来鉴别
自身，与那 70 年诡辩的历史，愚蠢修辞的历史，残忍
的历史，集中营的历史，犹太人大屠杀的历史相联系。
它一次又一次失败了。而且从我们的观点来看，最重
要的是，它本有千余种动脑筋来防止失败的方式。如
果是这样，我认为欧洲会有一段与现在截然不同的历
史。社会主义不会像现在这样为人所嫌弃，最重要的
是，我们的思维不会自动落入"资本主义还是社会主

义"的窠臼。

过去 80 年的关于苏联的故事是一场悲剧。当然，它在一个稍小的规模上，即对于欧洲而言，也是一个悲剧。欧洲在一些明显和一些不那么明显的方面为苏联所腐化，这腐化有多大程度，现在来说还为时尚早。欧洲被腐化是因为，出于这样那样的原因，我们允许自己的想象力完全为其他民族的经验所占据，而不管自身的经验。我认为在这场会议上，我们提到了许多次，仍然存在许多我们尚未认真审视过的原因。我的结论是，在我们了解主导我们的思维的模式，并且能够在它们出现的诸多形式中认出它们之前，我们是无能为力而且没有真实选择的。我们需要学会密切注意我们的思维与行为，我们需要重新思考。我认为，确定清晰定义的时候已经到了。

作者简介

————

多丽丝·莱辛(Doris Lessing, 1919—2013),著名英国作家,诺贝尔文学奖得主,1919 年出生于波斯(现伊朗),父母为英国人,5 岁时,随父母移居南罗得西亚(现津巴布韦),在非洲度过了童年和青少年时代。15 岁因眼疾辍学,改以自修方式遍读文学,16 岁开始工作谋生,做过电话接线员、保姆、速记员等,青年时期积极投身反对殖民主义的左翼政治运动。1949 年携幼子移居英国,翌年以处女作《野草在歌唱》步入文坛,一举成名。1962 年,代表作《金色笔记》问世,引起强烈反响。除了创作小说以外,莱辛还著有诗歌、散文、剧本等,创作绵延半个世纪,作品众多,题材广泛,而对人类处境的透彻理解则贯穿始终,2007 年被授予诺贝尔文学奖。主要作品另有《天黑前的夏天》《特别的猫》《幸存者回忆录》等。

译者简介

————

田奥,华东师范大学电影学硕士,另译有《技术的真相》《夜莺的爱》。

现代人小丛书

《培养想象》

— 诺思罗普·弗莱 _ 著

《画地为牢》

— 多丽丝·莱辛 _ 著

《技术的真相》

— 厄休拉·M. 富兰克林 _ 著

《无意识的文明》

— 约翰·拉尔斯顿·索尔 _ 著

《现代性的隐忧：需要被挽救的本真理想》

— 查尔斯·泰勒 _ 著

《偿还：债务和财富的阴暗面》

— 玛格丽特·阿特伍德 _ 著

《叙事的胜利：在大众文化的时代讲故事》

— 罗伯特·弗尔福德 _ 著

《必要的幻觉：民主社会中的思想控制》

— 诺姆·乔姆斯基 _ 著

《作为意识形态的生物学：DNA 的原则》

— R. C. 列万廷 _ 著

《历史的回归：21 世纪的冲突、迁徙和地缘政治》

— 珍妮弗·韦尔什 _ 著

《效率崇拜》

— 贾尼丝·格罗斯·斯坦 _ 著

《设计自由》

— 斯塔福德·比尔 _ 著